原著◉蔣夢麟

主編◉蔡登山

民初西化教育的執行家

蔣夢麟《談學問》及其他

導讀：民國一代教育家蔣夢麟——《談學問》及其他

蔡登山

生平簡述

蔣夢麟（一八八六—一九六四）原名夢熊，字兆賢，號孟鄰，浙江餘姚人。一八九八年前後，在紹興中西學堂求學兩年。一九〇四年赴上海入南洋公學讀書。一九〇九年二月入柏克萊加州大學農學院，同年秋季轉入社會科學學院。一九一二年，以教育為主科，歷史與哲學為附科，畢業於柏克萊加州大學教育學系。後旋赴紐約入哥倫比亞大學教育學院，取得教育學博士。蔣夢麟長胡適六歲，兩人同受業於美國著名教育家及哲學家杜威博士的門下，可謂「師出同門」。一九一七年，兩人皆學成返國，蔣夢麟任上海商務印書館編輯，胡適則應聘為北京大學教授。一九一九年「五四運動」時，胡適南下上海，與蔣夢麟共同迎接其師杜威來華講學。此時，北大校長蔡元培因「五四」愛國學潮事件而辭職出京。蔣夢麟夙為蔡元培之門生，在蔡元培尚未還京之時，由蔣夢麟代理北大校務，其後並由北大總務長而代理校長。此為蔣、胡兩人共事北大的時期。直到一九二六年「三一八」慘案為止。後來兩人都離開北京，再不久，蔣夢麟當了教育部長，而胡適也擔任上海中國公學的校長。身為校長的胡適以在《新月》雜誌，發表批評黨國言論，觸忤當道，身為教育部長的蔣夢麟曾予警告，胡適竟將原令退回。彼此雖立場有異，但私交則並無芥蒂。一九三〇年間，兩人相繼辭去職務。

蔣夢麟在辭去教育部長後，在南京稍事逗留後，就回杭州。而胡適卻從南京對岸的浦口車站候車北上。兩人一北一南的，此時已有要蔣夢麟接掌北大的消息，但他並不願意就職。據胡適後來回憶：「我到北平，知道孟鄰已回杭州去了，並不打算北來。他不肯回北大，是因為那時的北平高等教育已差不多到了山窮水盡的時候，他回來也無法整頓北京大學。北京大學本來在北伐剛完成的時候，已被貶作『北平大學』的一個部門，到最近才恢復獨立，校長是陳百年（大齊）先生。那時候，北京改成了北平，已不是向來人才集中的文化中心了，各方面的學人都紛紛南去了，一個大學教授最高俸給還是每月三百元，還比不上政府各部的一個科長。北平的國立各校無法向外延攬人才，只好請那一班留在北平的教員儘量地兼課。幾位最好的教員兼課也最多。例如溫源寧先生當時就有身兼三主任五教授的流言。結果是這般教員到處兼課，往往有一個人每星期兼課到四十小時的！也有派定時間表，有計劃地在各校輪流講課！這班教員不但生意興隆，並且飯碗穩固。不但外面人才不肯來同他們搶飯碗，他們還立了種種法制，保障他們自己的飯碗。例如北京大學的評議會就曾通過一個決議案，規定『辭退教授需經評議會通過』。在這種情形下，孟鄰遲疑不肯做北大校長，是我們一班朋友都能諒解。」

對於蔣夢麟的顧慮，傅斯年、胡適心中是相當清楚的。熱心的傅斯年找了胡適商量，後來經過他倆與當時中華教育文化基金會董事顧臨（Roger S. Greene）詳談，「居然擬出一個具體方案，寄給蔣夢麟先生，他也很感動，答應來北大主持改革的計畫。」其具體方案的內容是：中華教育文化基金會與北京大學每年各提出二十萬元，以五年為期，雙方共提出兩百萬元，作為合作的特別款項，專作設立研究講座與專任教授及購置圖書儀器之用。中基會的援助計畫，使得蔣夢麟同意就任北京大學校長。蔣夢麟也在一九三一年一月聘任胡適為北京大學文學院長。胡適初不肯就任，但經不住蔣夢麟等人多次商請，最後義不容辭，允其所請，但因其主持中華教育文化基金會「編譯委員會」的工作，故雖在北大任職，但不受北大的薪俸。

自一九三〇年到一九三七年的七年時光中，蔣夢麟一直把握著北大的航向，而其中胡適、丁文江、傅斯年等人的幫助尤大。蔣夢麟後來在〈憶孟真〉一文中說：「九一八事變後，北平正在多事之秋，我的『參謀』就是適之和孟真兩位。事無大小，都就商於兩位。他們兩位為北大請到了好多位國內著名的教授，北大在北伐成功以後之復興，他們兩位的功勞，實在太大了。」而當時也是北大教授的陶希聖回憶說：「北京大學居北平國立八校之首。蔣夢麟校長之鎮定與胡適之院長之智慧，二者相並，使北大發揮其領導作用。在艱危的歲月裡，校務會議不過是討論一般校務，實際上，應付難題的時候，北大一校之內，夢麟校長，適之文學院長及周枚孫（炳琳）法學院長隨時集會，我也有時參加。國立各大學之間，另有聚餐，在騎河樓清華同學會會所內，隨時舉行。由夢麟北大校長、梅月涵（貽琦）清華校長、適之及枚孫兩院長，我也參加，交換意見。月涵先生是遲緩不決的，甚至沒有意見的。夢麟先生總是聽了適之的意見而後發言。北大校務會議席上，如丁在君（文江）在座，他的發言最多，最有力。清華同學會聚餐席上，適之先生是其間的中心。夢麟先生是決定一切的人。北大六年安定，乃至國立八校六年的延續，沒有夢麟與適之的存在與活動，是想像不到的。」

抗戰期間，蔣夢麟隨校南遷昆明，與清華、南開合組「西南聯大」。而胡適則赴美從事抗戰宣傳，旋膺命為駐美大使。勝利後，蔣夢麟先後任行政院祕書長、國民政府委員、中國農村復興聯合委員會（簡稱農復會）主任委員。胡適則任北大校長、中研院院長。農復會遷往臺灣後，在蔣夢麟的領導下，推動了重大的土地改革、農業改良和教育項目。由於農復會由美國提供資金，其薪級表不受政府工資表的約束，因此該機構可以提供比政府官僚機構更高的薪酬，吸引訓練有素和能幹的員工。委員包括康乃爾大學農業學院畢業的沈宗瀚，和後來成為總統和國民黨主席的李登輝，在一九五〇年代初期擔任農復會的農業經濟學家。蔣夢麟利用美國政府提供的財政支持，幫助臺灣的農業完成了從傳統農業向現代農業的轉變作出傑出的貢獻，因此在一九五八年獲得菲律賓政府頒發的「麥格賽賽獎」（被稱為亞洲的諾貝爾獎）。

蔣夢麟的代表作是《西潮》（Tides From the West），該書是他在抗戰期間躲警報在防空洞，陸續以英文寫成。主要敘述一八四二年香港割讓至一九四一年珍珠港事變，期間中國人民生活問題面向，包括心理、情感及道德等議題之探討，深入分析中國之民族特性、宗教、文化道德、社會與政治之發展。一九四七年美國耶魯大學出版社率先出版英文版，一九五七年蔣夢麟在臺灣《中華日報》陸續發表中文譯文，一九五九年出版中文版《西潮》，盛況空前，年輕人幾乎人手一冊。也因此蔣夢麟有計劃出版第二本自傳式的著作《新潮》，然因公務繁忙與健康等因素，《新潮》一書尚未完成，便於一九六四年辭世。直到一九六七年九站臺北傳記文學出版社才將其在報章雜誌所發表的文章整理出版《新潮》一書。因此《西潮》和《新潮》兩書是屬於蔣夢麟比較自傳性的著作。

蔣夢麟與徐賢樂婚變的始末

蔡登山

一九六一年六月十八日下午，胡適在因病住院五十六天後，還在調養身體之際，他給好友蔣夢麟寫了一封長信（晚上送給陳雪屏看過之後，再簽名，已是夜裡十點二十分了），信原文如下：

孟鄰吾兄：

上次我們見面，得暢談甚久，你說此後你準備為國家再做五年的積極工作，然後以退休之身，備社會國家的諮詢。我聽了你那天的話，十分高興，我佩服你的信心與勇氣。我病後自覺老了，沒有那麼大的勇氣了，故頗感覺慚愧，但我衷心相信，也渴望你的精力還能夠「為國家再做五年的積極工作」。

我們暢談後不久，我就聽說你在考慮結婚，又聽說你考慮的是什麼人。我最初聽到這消息，當然替我五十年老友高興，當然想望你的續弦，可能更幫助你，實現「為國家再做五年的積極工作」的雄心。

但是，這十天裡，我聽到許多愛護你，關切你的朋友的話，我才知道你的續弦消息真已引起了滿城風雨，甚至辭修（案：陳誠）、岳軍（案：張群）兩先生也都表示很深刻的關心。

約在八天之前，我曾約逵羽（案：樊際昌，時為農復會總務長，是蔣夢麟的屬下）來吃飯，我把我聽到的話告訴他。這些話大致是這樣：某女是（案：徐賢樂）已開口向你要二十萬元，你只給了八萬：其中六萬是買訂婚戒指，兩萬是做衣裳。這是某女士自己告訴人的，她覺得很委屈，很不滿意。關心你幸福的朋友來向我說，要我出大力勸你「懸崖勒馬」，忍痛犧牲已付出的大款，或可保全剩餘的一點積蓄，否則你的餘年絕不會有精神上的快樂，也許還有很大的痛苦。這是我八天之前對逵羽說的話。

逵羽說，他知道大律師端木先生（案：端木愷）認識某女士最久，最熟，所以逵羽曾向端木先生打聽此人的底細。逵羽說，他聽了端木先生的話，認為滿意了。他又說，孟鄰兄自己覺得這位小姐很能能幹，並且很老實。根據端木律師報告，和孟鄰兄自己的考語，逵羽不願勸阻，也勸我不要說話了。

但是，昨今兩天（十七，十八）之中，我又聽到五六位真心關切你的人的報告。他們說：現在形勢更迫切了。某小姐以詳細查明孟鄰先生的全部財產狀況了，將來勢必鬧到孟鄰先生晚年手中不名一文，而永遠仍無可以滿足這位小姐貪心之一日！

總而言之，據這些朋友的報告，端木律師給逵羽報告是完全不可靠的。並非端木先生有心不說實話，只是因為他世故太深了，不願破壞眼見快要成功的婚姻。

這些朋友說：這位小姐在對待孟鄰先生的手法，完全是她從前對待前夫某將軍（案：楊杰將軍）的手法，也是她在這十七八年對待許多男朋友的手法：在談婚姻之前，先要大款子，先要求全部財產管理權。孟鄰先生太忠厚了，太入迷了，決不是能夠應付她的人。將來孟鄰先生必至於一文不名，六親不上門；必至於日夜吵鬧，使孟鄰先生公事私事都不能辦！

她的前夫某將軍事何等厲害的人！他結婚只七個月之後，只好出絕大代價取得離婚！這些朋友說：適之先生八天之前不說話，是對不住老朋友，今天怕已太晚了。

我也知道太晚了，但我昨晚細想過，今天又細想過：我對我的五十年老友有最後忠告的責任。我是你和曾穀（案：陶曾穀，蔣夢麟的第二任夫人。）的證婚人，是你一家大小的朋友，我不能不寫這封信。

我萬分誠懇勸你愛惜你的餘年，決心放棄續弦的事，放棄你已付出的大款，換取五年十年精神上的安寧，留這餘年「為國家再做五年的積極工作。」這是上策。

萬萬不得已，至少還有中策：展緩結婚日期，求得十天半個月的平心考慮的時間。然後在結婚之前，請律師給你辦好遺囑，將你的財產明白分配：留一股給燕華兄妹（案：蔣夢麟與元配生的子女，燕華為女兒），留一股給曾穀的兒女（案：陶曾穀與高仁山生的子女，陶燕錦為其女兒），留一股為後妻之用，——最後必須留一股作為「蔣夢麟信託金」（Trust Fund），在你生前歸「信託金董事」執掌，專用其利息為你一人的生活補助之用，無論何人不得過問；你身後，信託全由信託金董事多數全權處分。

你若能如此處分財產，某小姐必是不肯嫁了，故中策的效果，也許可以同於上策。

無論上策，中策，老兄似應辭修、岳軍兩兄坦白一談。老兄是一個「公家人」（a public man），是國家的大臣，身繫國家大事，責任不輕。尤其是辭修先生對老兄付託之重，全國無比！故老兄不可不與他鄭重一談。

你我的五十年友誼，使我覺得我不須為這封信道歉了。我只盼望此信能達到你一個人的眼裡。你知道我是最愛你敬你的。

適之

五十、六、十八夜十時二十分[1]

1 李又寧主編《回憶胡適之先生文集》第一集，紐約天外出版社，一九九七年。

半世紀的友誼，使得胡適握筆後不能自休，侃侃地道盡肺腑之言。奈何此時蔣夢麟已被愛情沖昏頭了，他沒想到反對聲浪中，也有他老友的一份。因此蔣夢麟在閱信後極為不快，他甚至將胡適的這封信撕碎擲於廢紙簍中，後經其祕書拾獲細心拼合，始恢復原狀，並得以保存。

回顧蔣夢麟在一九五八年，夫人陶曾穀因病去世後，就非常落寞。尤其他當時以農復會主委身分，又兼石門水庫建設籌備委員會主委，一個星期有兩三天在石門工作，並住在那裡。在空山靜夜，深松青溪，幽靜皓月的情境之下，他難耐寂寥。而據記者姚鳳磐在一九六一年七月二十日《聯合報》的報導中說：「……這件親事真正的紅娘，是一位四十多歲的太太，她是蔣氏亡妻陶曾穀女士的表親，陶女士纏綿床榻時，她常常去照應病人。陶女士曾經對她說：「孟鄰的身體很好，而且太重情感了，我死了以後，她一定會受不住的；而且，我不忍心他受長期的寂寞；所以，我希望你能夠幫他找一個合適的對象，陪他……」。那位太太回憶說：「當時陶女士的眼中含著淚水，她並且凝視著我，一再地說這件事你要暗中替他進行！我現在就謝謝你！」。由於陶女士臨終前的囑咐，使蔣博士的續弦問題，變成了那位太太無時或忘的「責任」！

據報導這位女士在陶女士逝世一年以後，就開始為蔣夢麟提親說媒，但都沒有使蔣氏動心。直到一九六〇年在圓山飯店的一次宴會中，透過媒人介紹，他認識了徐賢樂，情形就不一樣了。

徐賢樂（一九〇八－二〇〇六），是江蘇無錫人，系出名門。曾祖父徐壽（一八一八－一八八四）生於清嘉慶二十三年，卒於清光緒十年，享年六十七歲。曾國藩稱讚他是「天下第一奇士」。李鴻章說她「講求西學，時開吾華風氣之先」。丁寶楨則說其「杜門不出，於歐洲器物考究最精」。左宗棠則稱他，「絕學無雙」[2]。他是晚清著名的科學家，造船工程師，化學教育家。一八六五年，徐壽等製成我國造船史上第一艘自製輪船——「黃鵠」號，「是為中國自造輪船之始」。一八六八年七月初，他曾與華蘅芳等人設計監造的第一號兵輪下水。船長185尺，寬27.5尺，馬力392匹，載重6000噸，安裝單耳鋼炮八尊。曾國藩取名「恬吉」（後光緒即位，避其名諱，改名「惠吉」。）而後又有第二號輪船「操江」及第三號輪船「測海」，第四號輪船「威靖」，第五號兵輪「鎮安」（後改名為「海安」），第六號兵輪「馭遠」及鐵甲輪「金甌」號的製造。另外在系統引進和傳播西方近代化學知識，翻譯西方科技書籍，創辦普及自然科學知識的格致書院，培育科技人才等方面，他做出傑出的貢獻。尤其是他在一八六七年轉到江南製造局工作，與

2　轉引自徐家保著《錫山徐氏宗譜》，光緒三十一年古十芴堂木治字本。

英國教士傅蘭雅（J. Fryer）一起，創辦我國最早的翻譯機構——江南製造局翻譯館，在前後十七年間，他主要的貢獻是編譯西方科技書籍。一八六九年他和傅蘭雅合譯英人威爾斯（D. A. Wells）的《無機化學》題名為《化學鑒原》十二卷。又與傅蘭雅合譯英人布洛西厄姆（C. L. Bloxam）的《有機化學》題名為《化學鑒原續編》和《化學鑒原補編》。他們首創化學元素漢譯名原則，其原則及三十六個元素譯名則沿用至今。又合譯德國富里尼烏司（K. R. Fresenius）的《定性分析》和《定量分析》，題名為《化學考質》和《化學求數》。以上七種譯者，後來彙編成《化學大成》。另外還與傅蘭雅合譯物理的著作：《物體遇熱改易記》。這八部書將當時西方近代化學、物理的理論與實驗方法，系統而全面地介紹到中國來。此外還有《法律醫學》，《論醫學》，《營城揭要》，《測地繪圖》等有關醫學、建築學和測量學方面的譯者。

祖父徐建寅（一八四五—一九〇一），生於清道光二十五年，卒於清光緒二十七年，得年五十七歲。他是徐壽的次子，從小在耳濡目染之下，培養了對科學技術的愛好。十八歲時，就協助父親研製蒸汽機和火輪船。一八七四年，奉調天津製造局，又到山東機器局，致力於火藥的研製。一八七九年，至德國參觀羅物機器廠，考察製造槍管的工藝。又至法國巴黎及英國等地考察造船事宜，並與德國伏爾堅廠簽訂承造鐵甲船之合同。一九八一年十月方從德國返抵上海。中日甲午戰爭，徐建寅力主抗擊日本侵略者，觸犯了李鴻章，因此在直隸多年不受重用。一九〇〇年五月，張之洞調徐建寅至湖北，委辦省城保安火藥局。次年，又委他總辦鋼藥廠。二月，製成無煙火藥。二月十二日，合藥時發生爆炸，不幸遇難，屍骸焦爛，慘不忍睹。他與傅蘭雅譯有：《化學分原》、《汽機新制》、《聲學》、《水師操練》、《輪船佈陣》、《格林炮操法》、《藝器記珠》、《器象顯真圖》、《電學》等。並撰有《歐遊雜錄》一書，纂成《兵法新書》十六卷，纂修《錫山徐氏宗譜》。

父親徐家保（一八六七—一九二二），又名家寶，字獻廷，是徐建寅長子。張之洞督兩湖時期，受聘為湖北兩湖書院、經心書院的總教習、教習；江漢書院提調（兼課天文、地理、兵法、算學）。一八八三年至八五年間，曾任上海格致書院董事。民國初年任廣東石井機器局總辦，北洋政府陸軍部技士。譯者有《煉鋼要言》、《保富逑要》（又名《保富興國》）、《國政貿易相關書》、《工藝準繩》、《長江新圖說》（未譯完）、《航海章程》、《鋼鐵化學》等。

徐賢樂為徐家保之四女（案：徐家保有五子四女——徐健、徐倬雲、徐鄂雲、徐復雲、徐佩雲；徐賢來、徐銀仙、徐政、徐賢樂。），上海光華大學經濟系畢業。兄弟姐妹也都受過高等教育，有上海交通大學畢業的徐倬雲，有北京交通大學畢業徐鄂雲，更有法國國際法博士的徐復雲。徐賢樂因為是徐家么女，在家中備受寵愛，人又長得非常漂亮。

據他晚年的忘年之友鍾幼筠的回憶中說：「記得有一次我陪她去公保看病，那裡的護士小姐們都認識她，並逗她開心說：『奶奶，當年您一定是一位美女。』這時她會露出得意的笑容，客氣的回答：『哪裡，哪裡。』但私底下她感歎地告訴我，確實當年讀大學時候同學都叫她校花，大學畢業到外交部上班，變成部花，來到臺灣在中央信託局上班成了局花，現在人老了，什麼都不是了。」也因為如此，她從大學畢業後追求著相當多，據她的堂妹徐芳表示，其中有位上海青年名叫沈道明的，和她交往了頗長的一段期間。沈為經商者，頗有積蓄，但兩人並沒有因此結婚，或許是因為徐賢樂對金錢看得太重有關。後來在上海得識了楊杰將軍，時間應該是在一九三七年間，楊杰尚未擔任駐蘇聯大使之前。

楊杰（一八八九年一月二十五日－一九四九年九月十九日）字耿光，雲南大理人。官至陸軍中將，加上將銜，是著名的軍事家。著有《國防新論》、《軍事與國防》等軍事論著。在二次北伐和中原大戰中，歷任蔣介石的總參謀長，多次出謀策劃，扭轉危局。一九〇〇年入大理敷文書院讀書。一九〇五年考入雲南陸軍速成學堂，後因成績出眾，被清政府送到「保定陸軍速成學堂」學習。一九〇七年與蔣介石同時被保送至日本陸軍士官預備學校學習。兩年後，升入日本陸軍士官學校炮兵科學習。一九〇九年他加入同盟會。一九一四年，他與趙丕傾結婚。次年，參加護國戰爭。一九二一年，他放棄陸軍中將的頭銜，再進入日本陸軍大學學習，其夫人也考取日本女子大學。在陸軍大學的四年中，楊杰專心致志，勤奮苦讀。在一次演習中，他被選為統帥，得到日本天皇的讚賞，並賜予寶刀，因此有「天才將軍」之稱。法國著名軍事家霞飛元帥到該校參觀時，連連稱讚楊杰，認為「此人將必成東亞傑出軍事人才。」一九二六年五月，他被任命為國民革命軍第六軍總參議，參加北伐戰爭。次年，被任命為國民革命軍新六軍副軍長，代理軍長，參加軍事委員會。中原大戰中，因軍事倥傯，夫人在上海病故，他也無法見到一面，為此他殊感痛心。後來在南京開追悼會時，蔣介石和宋美齡皆前往悼念及致意。一九三一年，他在天津與南開大學畢業生胡允文結婚，但後來因性格不合，於一九三四年離婚。一九三三年，蔣介石派他出國考察，在將近一年時間裡，他走過二十九個國家。在莫斯科，史達林對他極為器重，稱他為「戰略專家」，並曾數度接見。英國國防大臣也讚賞其軍事才能，稱他為「軍學泰斗」。義大利的墨索里尼，曾以自己隨身多年的一根馬鞭饋贈，以表達其敬佩之意。抗戰軍興，他被蔣介石特派為赴蘇軍事考察團團長，爭取蘇聯軍事物資的援助。他於一九三七年九月九日拜會了史達林，先獲得飛機一百三十架，坦克八十二輛，大炮一百三十八門之援助，再先後獲得兩億五千萬美元之貸款，蘇聯並派了航空員及軍事顧問，協助中國對日抗戰。次年，他擔任駐蘇大使，直到一九四〇年初被免職。

楊杰天性耿直，早在一九三五年他奉蔣介石之命檢查航空委員會新購飛機時，因發現其中幾架是以報廢的飛機來充抵時，他在氣憤之餘，如實地向蔣介石報告，他卻沒考慮到其委員會之負責人是孔祥熙等四大家族內的要員，因此他此舉既得罪了四大家族，又令蔣介石十分尷尬。時隔不久，四大家族的一些要員們向蔣介石「控告」楊杰在修築南京城防工事中貪污公款，蔣遂逮捕並槍斃了他的軍需處長和副處長，並撤了他代理參謀總長和城塞組長之職。蔣、楊之間已貌合神離，因此這次駐蘇大使之職，並非出於重用，而是蔣介石杯酒釋兵權的計謀。

楊杰回國後，曾向蔣介石提出加強國防建設，全國團結一致抗日和中蘇親善的建議。但蔣介石卻派人送給他一部《曾文正公全集》，令其好好閱讀，並加批註：於三個月後送還。楊杰為此氣得把書丟在一邊，成天打麻將。三個月後，他批了幾個字，將書送還。蔣看了批註後，大發脾氣，於是給了他一個軍事委員會閒差，為此他留在重慶。也就在這段期間，他在閒暇之餘，想起之前在上海認識的徐賢樂，他要徐賢樂由上海至香港再轉到重慶，兩人不久就在重慶結婚了。但在結婚後七個月，兩人就因銀錢問題而離婚收場。楊杰後來因公然反蔣，於一九四九年被蔣介石派員暗殺於香港。抗戰期間，徐賢樂曾在重慶外交部和復興公司做過事。來臺後，她到中央信託局任專員，一直做到退休為止。

徐賢樂早年風華絕代，明豔照人，她認識蔣夢麟時，雖已年過半百，但風韻猶存。據前引《聯合報》的報導說，蔣夢麟對於徐賢樂可以說是一見鍾情，而在一開始時，徐賢樂覺得蔣夢麟年紀太大而且恐怕性格不合；但蔣夢麟托由媒人向她致意，表達自己意思：他覺得徐女士的家庭身世很好，而且品貌雙全，一切太理想了。蔣博士在寫給徐女士的第一封情書裡面就有：「在我見過的一些女士中，你是最使我心動的人……」。認識三四個月之後，蔣夢麟對徐賢樂已難捨難分了，有次為了一點事鬧了個小彆扭，兩人數日不見，蔣夢麟就寢食難安，他於是用一張橫幅一尺的日本繪畫金邊皺紋水色紙，以中小楷寫了一首豔詞相贈。詞曰：

永夜拋人何處去，絕來音，香閣掩。眉斂，月將沉，爭忍不相尋？
怨孤衾，換我心，為你心，始知相憶深。

五代顧敻詞，調寄訴衷情。辛丑春書於石門，蔣夢麟。

（紙的後面還有一行字：「敬獻給夢中的妳」）

蔣夢麟與徐賢樂的感情與日俱增，我們從一九六一年五、六月間，蔣夢麟留給徐賢樂的便條，便可得知一二。五月二十三日：「昨辰匆匆自谷關趕回參加晚上之宴會。今晨於農復會開會後，即將赴石門歡迎祕總統參觀水庫。晚將參與陳副總統宴。明晚祕總統公宴。後日（星四，五月二十五日。）於參加佐登（約旦）國慶酒會後，當即趨府奉謁（約八時左右）。並共外出晚餐如何？賢樂吾愛」六月一日：「昨午後六時奉訪，未晤為悵。今晚如有暇，外出共餐如何？或至舍間便餐亦可。數日未見，頗為念念　賢樂　當於今晚六時半再來。」六月十六日：「刻赴石門，星期日回來再見，此致　賢樂」[3]。兩情不可不謂綢繆，因此不久就互相論及婚嫁。

這事在他們親友中有「贊成」與「反對」兩派；而在北大同學會的師友中，幾乎都是不贊成，就連胡適也持反對意見，因此才有本文一開頭引用的那封長信。在信中，胡適要他能與陳誠副總統鄭重的談一談，當時陳誠副總統也是持反對意見者，據《胡適之先生晚年談話錄》書中說，陳誠曾告訴蔣夢麟說：「我的太太接到蔣夫人——第一夫人的電話，她堅決反對你跟這位徐小姐結婚，我的太太也反對，都要我轉告於你。如果你一定要和他結婚，那麼我們以後不能見面了，至少，你的夫人我們是不能見面了。」[4]當時蔣夢麟曾答應陳誠不和徐賢樂結婚的，如今他自己卻變卦了。於是他在七月間就給陳誠寫了一封長信，信中說：

3 蔣夢麟致徐賢樂便條三件，得自徐賢樂之遺物。
4 《胡適之先生晚年談話錄》，胡頌平編著，聯經文化出版，一九八四年。

辭修先生賜鑒：

自室人謝世，業逾三年。鰥居生活，了無生趣。公餘返寓，形單影隻，尤當更闌人靜。孤枕夢回，常中夜起坐，繞室彷徨。此中況味，非親歷其境者，不能想像。自覺長此下去，精神意緒，終必日趨消沉。目前雖有小女侍右，究不能朝夕晤對，亦不能分憂分勞。且已兒女成群，有其為妻為母之責任，自不能終身隨侍老父。故自去秋以後，即考慮續弦之事。前後雖有數度介紹，但合適當意者少。自知年事已高，故對物色對象，並無太大奢望。只求年齡合適，無他牽累而已。後經友人介紹，獲識徐賢樂女士。徐女士出身世家，江蘇望族，其曾祖及祖父之事蹟，均詳見中國名人大辭典（其傳略附呈），其父亦江南知名之士。徐女士畢業大學。抗戰期間，服務重慶，與楊耿光結婚時，由當時內政部長周鐘岳先生為之證婚，並由許靜老代表女方家長為之主婚。故其婚禮，完全合法。有婚書、照片、主婚人可證。結婚後，兩情不洽，未幾仳離。來臺以後，任我中央信託局迄今。平時奉公守法，公餘補習英文，對於讀書亦尚有興趣。其間雖亦有所介紹，但終因低昂之間，未有所成。夢麟今已七十有五，自諗尚能知人，相識以還，經半年來之考察，尤以最近一月婚事停頓以後，其所表現之忍耐、寬容，顧全大體等實均有足多者。此事自經大華晚報宣佈，國外報紙，近如越南，遠如美國，均已有所報導。故經再三考慮，為夢麟，為對方，亦為政府聲譽，事實上，已非立即結婚不可。頻年以來，公私備蒙關垂，衷心感激，非言可宣。但實逼履此，事非得已，茲以決定於最短期間完成結婚手續。用為縷陳種種，務懇曲予鑒諒。婚後北返，當再趨謁，面陳種切。敬請勳綏，並候夫人妝次[5]

蔣夢麟也知道反對的人多勢眾，不便舉行公開婚禮，而改採家庭式祕密婚禮，於是在一九六一年七月十八日在臺北市臨沂街陳能家中舉行。陳能的太太是徐賢樂的親姪女。婚禮極為簡單，由端木愷律師證婚，鄭曼青、居浩然分任雙方介紹人，雙方在結婚證書上用了印。婚禮就算完成了。當天，蔣夢麟還給女兒寫信，信中云：「燕華：我自婚事停頓之後，血壓減低，體重亦減。夜不安睡，諸事亦乏興趣。長此以往，前途不堪設想。所以我不能不圖自救之道。有人之愛我，思有以助我者，實則適足以殺我耳。自媽媽逝世以來，於茲三載。精神上之苦痛，一言難盡。自識徐女士以來，於精神上之補助頗多。故諸事之興致日濃。惜謠言蠭起，眾口鑠金，而阻力遂起。父女之愛，亦良足貴，但究不能代夫婦之愛。我現在所欲言者，非為徐女士或為我自己辯護，悠悠之口，無可與辯，姑亦聽

5 蔣夢麟致陳辭修函，得自徐賢樂遺物。

之而已。我常能見人之不及見，行人之不敢行。我自能斷能行。故為圖自救計，毅然決然與徐女士結婚。……」[6]

次日各報爭相報導，《徵信新聞》報說，蔣夢麟並發表談話，說他一位從前北大的老朋友，曾經寫信勸阻他，他連信也不看，把它扔在字紙簍裡去了。他還說，這老朋友比不上我，他只會在字紙簍裡工作的。蔣夢麟在接受《中央日報》的訪問中說：「一個人健全的生活，理智、情感、意志三者，必須適當平衡，缺其一，即失其平衡。果爾，則無論為學或辦事，其動力便受削弱。我自陶曾穀女士去世以後，感情即無所寄託，故不得不求一對象，以保持我多年奮鬥的精神。我相信徐女士，就是我適當的對象。」報紙並引用了徐賢樂的「有感蔣夢麟的款款深情，並陶醉於這位老教育家的靈毓才氣」的話語，他們「希望新婦徐女士是一個『賢』內助」，使蔣博士享受室家之『樂』，則過去一番小小波折，便成為愉快的回憶了。」

事已至此，胡適自是無話可說了，我們翻看胡適的日記，他對此事不曾有一字之評論，只貼了七月十九日的《中央日報》、《新生報》、《大華晚報》，二十日的《聯合報》等七份剪報，外加對蔣夢麟生辰年月日考證。因為《中央日報》報導蔣夢麟結婚時是

6 蔣夢麟致陳辭修函，得自徐賢樂遺物。

七十五歲，而《新生報》及《聯合報》則說是七十三歲，兩者說法不一，因此胡適作了一個小小的考證，但可惜的是胡適考證出蔣夢麟的生日是一八八五年一月二十日，其實正確的是一八八六年一月二十日。所以結婚時蔣夢麟是七十五歲，而徐賢樂也已五十四歲了。（案：徐的年齡除《中央日報》報導正確外，餘皆錯誤）。

而在蔣、徐結婚之後沒幾天（案：七月二十六日），蔣夢麟就專程去看望胡適，胡適也向他道賀。蔣夢麟告訴胡適，他的新婚夫人很好，隔幾天還要將她帶來看望胡適，他還對胡適說：「人家說她看上我的錢，其實她的錢比我的多。」胡適又能多說些什麼？他只勸蔣夢麟儘快去安慰，因此事而受到一定程度傷害的女兒——蔣燕華。八月六日下午，蔣夢麟偕同徐賢樂來看胡適，蔣夢麟來時坐在冷氣機的一邊，因怕冷，立即轉到另一邊去。胡適後來告訴護士徐秋皎小姐說：「到底夢麟年紀大了。我還不怕冷風，也吃冷冰，用冷水洗面的。他不行了。」[7]

在兩人結婚一年多後，他們的婚姻亮起紅燈。一九六二年十二月六日下午，蔣夢麟赴臺中出席四健會年會，不慎失足折骨。後來據起訴狀所言，徐賢樂對病中的蔣夢麟照顧不周，甚至不大關切。又以費用難籌為詞，要蔣遷住小病房，更甚者徐賢樂竟以此向石門

7 《胡適之先生晚年談話錄》，胡頌平編著，聯經文化出版，一九八四年。

水庫借支一萬元。又為小事與蔣燕華、樊際昌等吵鬧，甚至拍桌謾罵，特別是要求蔣夢麟的同僚好友沈宗瀚的夫人沈劉廷芳遷離宿舍，更令蔣夢麟無地自容。於是蔣夢麟在出院後，就沒回家而把自己隱藏起來。一九六三年一月十三日，蔣夢麟並寫了一封「分居理由書」，托人轉交徐賢樂。此信被徐賢樂認為是「一紙休書」，她以「弱女子」自居，反擊了蔣夢麟。三月二日，蔣夢麟給徐賢樂一封措詞嚴厲的「攤牌信」，信中指責徐賢樂不關心他，在其開刀前後遷出戶口，移轉其財產，甚至連蔣燕華和陶燕錦的存款和股票也過戶了。徐賢樂在三月十四日寫了〈徐賢樂覆蔣夢麟書〉[8]，對住院照顧、戶口遷移等事均有所解釋。對存摺、股票、土地過戶一事，她說完全是依照蔣夢麟當初對她說的話做的。徐賢樂說：「因為你曾對我說過：『以前一草一木屬於陶曾穀的，現在全部屬於你了。』」，並且說蔣夢麟把圖章交給她，要她去過戶。最後則指控蔣夢麟兩個月以來生活費分文未給，汽車也不給她用，將保管箱及各行號存款一概凍結，並將股票登報聲明掛失，這其中還有一部分是她的積蓄等等。四月九日，蔣夢麟的律師王善祥去見徐賢樂，談判離婚一事，為徐賢樂所拒。於是蔣夢麟乃於四月十日訴請離婚。

四月十日，蔣夢麟對記者發表談話，指出「……我鼓起勇氣與徐賢樂女士結婚，希望

8 此信在一九六三年四月十一日刊登於《聯合報》第三版。

再有一個幸福的家，來幫助我的事業。到現在一年多我失望了，我受到人所不能忍的痛苦，家是我痛苦的深淵，我深深的後悔沒有接受故友胡適之先生（案：胡適已於一年前的二月二十四日去世了。）的忠告，才犯下錯誤。我愧對故友，也應該有向故友認錯的勇氣，更要拿出勇氣糾正錯誤。」[9]徐賢樂則向記者出示各有關文件，埋怨蔣夢麟數月來避不見面，完全是「三男兩女」集團挑撥所致。她堅持「結婚乃終身大事，是愛蔣博士人，而不是他的錢，當初嫁他，就是要做他的終身伴侶，所以決不離婚。」[10]蔣夢麟同時把胡適一九六一年六月十八日夜（案：本文開頭所引之信）寫給他的那封長信，交給《中央日報》發表了。對於蔣夢麟這些做法，徐賢樂也不甘示弱，她在四月十六日的《聯合報》上發表〈我與蔣夢麟〉一文[11]，否認她與蔣夢麟已構成了離婚條件，她強調蔣夢麟是個忠厚的人，要離婚完全是受人挑撥所致，而非他的本意。文分「畫眉之樂」、「白首之旅」、「意外之波」、「胡適之函」、「婚禮之辯」、「成全之計」六小節，侃侃辯駁，深具文采。而在此同時與男女雙方具有淵源的黨國元老李石曾，也是在一九五七年以七十八歲高齡和時年四十二歲的田寶田結為「忘年伴侶」，白髮紅顏，一時傳為佳話。因此他同時寫

9 見一九六三年四月十一日《聯合報》第三版報導。
10 見一九六三年四月十二日《聯合報》第三版報導。
11 見一九六三年四月十六日《聯合報》第三版報導。

信給蔣夢麟與徐賢樂，以魯仲連的身分，願做調人，[12]但並未雙方所接受。

這場婚變在當時鬧得滿城風雲，時間長達三個月餘，雙方互相指責，各報則長篇累牘地加以報導[13]，宛如一齣高潮迭起的連續劇，它更成為文人間談論的話題。其中有馬五先生（案：雷嘯岑）將袁枚詠〈馬嵬坡〉的詩句，改為：「到底先生負舊盟，金錢為重美人輕，徐娘解得夫妻味，從此人間不再婚。」他是同情徐賢樂，但對於事實則有失偏頗的。把「金錢看得太重，而失去夫妻之情者」，應該是徐賢樂，而非蔣夢麟。所謂「因財失義」，這對徐賢樂而言，已非頭一遭，而整個發展過程，都不幸地為胡適所言中了。胡適當年是極力反對蔣夢麟與徐賢樂結婚的，除了信中所提的理由之外，據劉真先生說：「有一次我在南港中央研究院胡適之先生處談天，胡先生便向我提及此事，他說夢麟先生已經七十歲了，娶個年輕的太太，難免不當寡婦。如感一個人生活孤寂，不妨找個年齡稍大的特別護士，陪他住在一起，何必續弦自找麻煩。」[14]我們知道胡適在美國因心臟病發之後，有「特別護士」哈德曼夫人（Mrs Virginia Davis Hartman）的細心照顧，後來胡適卸任大使，哈德曼夫人還幫胡適找到紐約東八十一街一〇四號的住所。當年擔任胡適大使的祕

12　見一九六三年四月十六日《聯合報》第三版報導。
13　見一九六三年四月十七日、四月十八日、四月二十五日《聯合報》第三版報導。
14　《劉真先生訪問紀錄》，中研院口述歷史叢書，一九九三年。

書的傅安明回憶說，「胡先生旅居紐約三年多，到一九四六年六月五日財乘船回國任北大校長。這三年多時間，哈德曼夫人對胡先生的寂寞生活的調劑（案：胡適在美近九年的時光中，江冬秀並不在身邊，而是遠在上海。）」學者劉廣定從中央研究院胡適紀念館所藏的「胡適檔案」看到的資料推論，哈德曼夫人「不只是胡先生的異性知交，還對胡先生表現了深厚的愛情。」[15]胡適對將「特別護士」與續弦之事，合為一談，使得他對哈德曼夫人的情意，在此又得到一次的證明。

對蔣、徐婚變，其中還有對聯者，以兩人之姓名嵌入聯中而又不露痕跡，深具針砭之意者。上聯曰：「徐娘半老，賢者亦樂乎此？」，下聯是：「蔣徑全荒，孟母難鄰之矣！」（案：蔣夢麟，號孟鄰）。其中蔣徑指漢代名將蔣詡，蔣徑既告全荒，孟母當然不願擇為鄰居了。此聯蘊意深遠，堪稱佳構也。

一九六三年七月三十日，蔣夢麟正式向臺北地院提出離婚及返還財物之訴，他在起訴狀中提到「不意婚後不久，被告乖張之跡，即行暴露：諸如凌辱吾女，侵瀆先室；需索斂聚，惡老嫌貧，經常詈罵，寢食不安。……」，「被告對原告亡室陶女士本不相識，竟對亡者不時肆意辱罵，不准原告前往其墓憑弔（案：陶曾穀於一九五八年病逝，葬於臺北第

15 劉廣定〈胡適檔案中的哈德曼太太——另位深愛胡適的異國佳人〉，《歷史月刊》第二一〇期，二〇〇五年七月。

一公墓。）企圖絕我憶念。對女兒燕華，則百般凌辱，迫令遷出，其行為乖張，難以枚舉。」文中還列舉六大具體事實而告之。

徐賢樂在八月九日提出萬言答辯書，針對蔣夢麟狀中所指控的「凌辱女兒」、「侵瀆先室」，以十點理由加以反駁。其中關於「凌辱女兒」部分，她用蔣燕華在同年四月十二日對記者訪問中所說的話：「在父親結婚時，她全家已搬出德惠街，只有過年過節時會到他父親那裡看看，有時也與徐賢樂女士談談話，彼此之間相處，從未說過重一點的話。」來證明她對蔣燕華並無凌辱迫遷之事。至於對「侵瀆先室」一節，徐賢樂則對陶曾穀並非蔣夢麟之元配，加以反擊。徐賢樂在答辯書中說：「至原告所謂『侵瀆先室』，按原告『先室』不止一人，原告昔年在南京任教育部長時，陶曾穀原為原告祕書，當時原告固以使君有婦，而亦與陶女士雙雙墜入愛河，結果原告與元配夫人分居，陶女士則下嫁原告，故原告此所謂『先室』究指何人，已滋疑義。如果其所謂『侵瀆先室』，即其係指狀後所稱『被告對亡室陶女士本不相識，竟對亡者不時肆意辱罵，不准原告前往其墓憑弔，企圖絕我憶念』而言，則又純屬原告向壁虛構，被告與陶女士雖不相識，然仰其賢名，心竊慕之。而原告個性剛強，嘗自謂『我的決定是不容干涉的，壓力愈大，我的定力愈堅』，被告對原告個性深為瞭解，原告追憶亡室，憑弔墓園，被告正為其深情所感動，被告縱使至愚，亦不敢加以禁止，何況我亦為人妻，原告悼念亡妻，我又何忍相阻。」。

陶曾穀原為高仁山之遺孀，據朱經農之子朱文長在《愛山廬詩鈔》的注解中說：「陶曾穀女士與先父繼配淨珊夫人（案：楊靜山），婚前均在上海某私立中學任教。後陶嫁先父好友高仁山先生。仁山先生為我國有數之先進教育家。在北平創設藝文中學以實驗其教育理想。曾穀女士襄助實多。乃北伐軍興，北方之軍閥隨其軍事之失敗，日益例行逆施。竟拘捕仁山先生，封其學校。不久仁山先生成仁，曾穀女士攜孤南來，淨珊夫人迎之於南京，為之安置。先父乃介紹曾穀女士入教育部工作。時蔣夢麟先生為教育部長。日久雙方發生情愫。玄武湖頭時見倩影，而多半時間主任祕書鄭天挺先生常相陪伴。孟鄰先生離教部後，任北京大學校長，終不能克制情感，乃與陶氏成婚於北平。席間胡適之先生譽為勇敢，蓋紀實也。」[16]

高仁山一八九四年，生於江蘇江陰縣。十七歲時，就讀於南開中學，與周恩來是校友又是同鄉，關係良好。一九一七年春，自費赴日本早稻田大學專攻文科。十二月從日本回國，曾在北京大學圖書館任事。一九一八年冬，自費赴美國葛林納爾大學專習教育。畢業後，入芝加哥大學學習教育，獲碩士學位。又赴哥倫比亞大學研究教育。數月後，赴英國、德國、法國調查當地的教育和社會狀況。一九二三年一月回國，先後被聘為北京大

16 《愛山廬詩鈔》，朱經農著，朱文長注，商務印書館，一九六五年。

學、北京師範大學教授。在他創議下，北京大學創立了教育系。一九二三年與著名教育家陶行知在中華教育改進社創辦了教育圖書館，高仁山任館長。一九二五年春，與陳翰笙、薛培元、查良釗，胡適等人在北京東城燈市口大街七十二號，創辦了私立藝文中學（現北京市第二十八中學），高仁山任校長。試行美國教育家柏克赫斯特創立的道爾頓制（Dalton Plan），將班級制改為各科作業室制，廢除課堂講授，把各科學習內容製成分月的作業大綱，由教師與學生訂立學習公約，由學生自由支配時間，按興趣在各作業室自學，教師僅作為顧問，提供諮詢和檢查進度。高仁山、陶曾穀夫婦運用此制教學，使得藝文中學成為二〇年代北京全中學的佼佼者。

一九二七年九月二十八日，奉系軍閥以「加入政黨，散發傳單，有反對現政府之嫌疑」等罪名，將高仁山逮捕。同年十二月十九日，他在獄中給陶曾穀寫信，自敘六年來從事教育研究的經歷和今後的打算。他對教育事業無法一日忘懷，他囑咐他的得意學生，「要以教育為終生事業」。次年一月十五日他終於被軍閥殺害，據說當他被綁赴天橋刑場槍決時，他態度從容，面無懼色，並向路旁觀眾說：「給我個好兒吧」，於是眾人立即高呼「好！」、「好！」，有如平劇戲迷喝采一般。

蔣夢麟元配為鄉下女子孫玉書，生有子女四人，長子仁宇，次子仁淵，女燕華，幼子仁浩。一九三三年他要繼娶陶曾穀時，在鄉間封建社會裡是頗遭議論的，而在北方的輿論界也有些壓力，於是蔣夢麟特別請到當時最負盛名的胡適來證婚，是有平息輿論之用意。據當時在北大國文系就讀的女詩人徐芳說，蔣夢麟請胡適證婚，胡師母是反對的，她認為蔣夢麟因陶曾穀而與元配離異，道德是有虧的，因此不贊成胡適去證婚。但胡適告訴江冬秀說，蔣夢麟一為我的校長，一為我多年的好友，故非去不可，執拗的江冬秀把大門一關，就是不讓他出去。後來胡適還是從後頭爬窗出去證婚了。也是蔣夢麟的老友朱經農，曾寫下〈賀蔣、陶之婚〉的七絕贈之，詩云：「人間從此得知音，司馬梁園一曲琴。千古奇緣稱兩絕，男兒肝膽美人心。」[17]

蔣、徐的離婚案件，經一年纏訟，雙方都聘請律師，到法院打起離婚官司。後來是蔣夢麟這方勝訴，據劉真說：「有一天我遇見樊際昌先生，談及此事，他說離婚官司絕對可以勝訴，因為新婚之夜，徐女士曾一再問及夢麟先生的經濟狀況，包括動產與不動產等等，夢麟先生便在教師會館的便條紙上，一一開列出來給徐女士看。這張教師會館的便條紙，夢麟先生一直保留在身邊。後來夢麟先生的律師，把這張便條紙拿到法院給法官看，證明徐女士對夢麟先生並沒有真正的愛情，否則何以新婚之夜詳細查詢他的財產，結果法官相信了這件證物，夢麟先生的離婚官司總算打贏了。」[18]最後經陶希聖、端木愷於一九

17 《愛山廬詩鈔》，朱經農著，朱文長注，商務印書館，一九六五年。
18 《劉真先生訪問紀錄》，中研院口述歷史叢書，一九九三年。

六四年一月二十三日，調解成功，雙方協議離婚。協議共有三點：一、由蔣夢麟付出贍養費五十萬元與徐賢樂。二、徐賢樂現所住之農復會房屋應遷出交還，一切家俱留下。三、徐女士所拿去之股票及存款，均應交還蔣博士；至於首飾等物，則交徐女是所有。婚雖離了，但經此折騰，對於已七十九歲的老人而言，可說是不堪負荷，他最後對記者說：「食少事繁，豈能久乎？」，果不然竟一語成讖。在五個月不到的六月十九日凌晨，蔣夢麟就因肝癌病逝臺北榮民總醫院。而離婚後的徐賢樂則一直寡居著，活到將近百歲，直到二〇〇六年一月十日，才走完人生的最後一程。

目次

輯一：《談學問》上篇

導言

吾國思想的發展，根據三個主要的因素。一「天」，二「人」，三「道」。所以吾國的學問，就以三者為出發點。天是大自然，人與道都從天而生。《詩經》裡說，「天生烝民，有物有則。民之秉彝，好是懿德」。孔子以作此詩者為知道。孟子謂「有物必有則」。由此可知，則即是道。人之所秉於天的是美德，即大學所說的至善。故德與善亦必有其則的。《中庸》「天命之謂性，率性之謂道，修道之謂教。」是說性是天賦的，並是循道而行的。這猶如說有性必有則。教是要找出性所循的道或則。道是要通天與人，人與人。道猶如路，能走得通的才是正路，上下古今四通八達的才是正道。孔子說「吾道一以貫之」，是說道是要路路貫通的。

古希臘亦言道，稱「羅格斯」。這道是人與萬物所共具的通則。在人謂之理，在物謂之物理。以邏輯證明這理謂之哲學。人欲求至善，亦須由理而達到的。照以上的看法，中國與古希臘是相似的。但希臘人重思辨，所以講邏輯。吾國人重德行，所以言修身。因各有偏重，故後世思想的發展，自各偏向其所重。

但最重要的是中國與古希臘均以識自然與道為限，不再上溯而講超自然。因此，中國與古希臘均只想在現世裡建理想的邦國。中國人講大同世界，希臘人想烏托邦。但均不想在世界以外建天國。

超自然的天國思想起於基督教。自基督教文化征服希羅（希臘羅馬）文化後，一千年中，西洋文化為天國思想所籠罩。人多想死後上天國，不想在現世裡建理想國。

在五世紀，聖．奧古斯丁（三九六—四三〇）對基督教義與柏拉圖哲學作調和之努力。聖．多瑪斯（一二二五—一二七四）在十三世紀對基督教義與亞利士多德哲學之調和，作更大的努力。（其所著《神學書》於清順治年間節譯成中文，名曰《超性學要》。）此後，耶教的神學與希臘的哲學混合為一。復經長期間的研究，分析和討論，遂成為中世紀之經院主義。於是希臘哲學便披上了基督教士的道袍。

自十五世紀文藝復興運動起，人文主義的希羅文化漸漸卸去教士的裝束，而趨向回復希臘羅馬時代的本來面目。至十六世紀，希臘的理性主義在宗教裡面爆發起來而成為宗教改革運動。至十八世紀，這兩個運動醞釀而成法國大革命運動，不但脫離了宗教，而且變成了反宗教運動。

中國以天為出發點的自然主義，在十八世紀的歐洲，便成為反宗教的反超自然主義。

以人為本位的人文主義，便成為反宗教的反天國思想。以道為中心的理性主義，便成為反宗教的反教條主義。

當時中國文化，幾被認為希羅文化典型的代表。且時值中國乾嘉時代，國運方隆，為禍亂並乘之歐西各國所望塵莫及。元代馬可孛羅之遊記已流行於歐洲。大部分的四書五經，在明代已經耶穌教士以拉丁文譯成。已為歐西學者所共讀。水到渠成，中國文化遂與歐洲十八世紀革命結不解緣。

但平心論之。當時之反宗教，實反教堂之淫威與腐敗。至耶穌之教，仍不知不覺深存於反宗教者之腦中。博愛、自由、平等三口號，實均由耶教而來，不過去其超自然主義，而想在人世建天國而已。在辛亥革命之前夜，這三個口號傳入中國，亦與中國革命結了不解緣。

至十九世紀，因三百年來希臘之人文主義、自然主義、理性主義相繼復興之結果，自然科學與應用科學逐步發展，又因應用科學之進步而改變生產工具。由此而造成了資本主義，由資本主義而造成殖民地主義。同時宗教思想與科學思想在十九世紀已能彼此容忍。非宗教的中國思想已不為歐西人士所需要。中國此時，正值道咸之際，內亂方殷，國勢日衰，已面臨殖民地主義的危機。故彼時中國文化，在歐人眼中便不值一文錢了。黑智兒在他的《歷史哲學》裡批評中國的道德觀念是外鑠的，根據於命令式而非自由啟發的。但黑智兒宇宙精神論的哲學是受斯賓諾塞泛神論及康德理想哲學的影響的，而康德哲學亦部分的受斯氏泛神論的影響，而泛神論據康德說是受老子的影響的。主張以權力為意志的尼采因反對理性主義而挖苦康德為堪尼斯堡偉大的支那人。那麼，尼采似竟認康德的理想主義直出於中國的理性主義了。

德國哲學本最不合中國人的胃口的。但其受中國哲學的影響，蛛絲馬跡，歷歷可溯。這是什麼緣故呢？因為中國哲學向不超越自然主義，亦不脫離理性主義，更不放棄人文主義。德國哲學喜把理性主義與超自然的泛神觀念聯在一起而成理想主義。一成理想主義，便易流入絕對主義而脫離人生實際問題。中國人不信絕對，亦不肯脫離人生實際問題，所以與德國哲學格格不能相入。而且理想主義，有它的一套邏輯，亦為我國人所不習慣的。故國人對於德國的理想主義，和對佛學唯識論的末那識，阿賴耶識同一態度。

明清之際，耶穌教士譯著天文、算學、機械、哲學、政治、地理等學並及多種神學書籍，惟吾人取其科學而捨其神學。《四庫全書》子部天文算學類評《天問略》一書裡說「其序稱『天堂之所在，奉天主者乃得升之。』……蓋欲藉推測之有驗，以證天堂之不誣，用意極為詭譎。然其考驗天象，則實較古法為善。」此實可以代表吾國人對於超自然主義的態度。

耶穌教士對於宣傳宗教雖未能在吾國建立大功，但明清間輸入科學思想於吾國之功則不小。清代考據之學發達，並較前代為精確，實受耶穌教士科學譯著之影響。而彼等所譯之四書五經，流入西歐，轉為反對宗教之工具，這也是教士們初料所不及的。歷史的演變，有時似乎在和人們開玩笑。

總之，凡一種學問，不論出於何時何地，一與其他學問接觸，均能彼此影響。至影響之大小久暫，則要以時代之需要為歸。

（附註：本書諸文，除導言與結論外，均承《新生報》先後於一九五三、四兩年間在臺北發表，特此誌謝。）

談學問

吾國為最重學問的國家。自孔子以學不厭，誨人不倦的精神，有教無類（不分階級），講學民間，使學問為後世平民所尊重。漢代行選舉制，選拔民間的博學之士入佐政府，開學者治國之風氣。自唐宋以迄清末，以科舉取士，其用意在使從政者都是學人。因此學問遂成濟世之本。而以考試取材，且可杜絕倖進之門。雖行之後世，流弊日深。但此非制度之不善，其原因別有所在。其後科舉與書院並行，使民間講學成制度化。書院創始於北宋，即歷史上所稱的四大書院。後世相沿成風，書院之設遍全國。如孤懸海外之臺灣，在清代亦有海東書院等之設立。雖時至晚清，國中學人，如章太炎，康長素、蔡孑民，梁任公諸子，莫不曾在書院中講學。維新之初，浙之求是書院，蘇之南菁書院皆有著名之士，講學其間。實開兩省新學之風。其他各地之新風氣，亦多由當地之書院倡導。

我國人之重學問，二千餘年來，已相沿成風。學與不學，或有學問與無學問，為做人處事之標準。

儒家之學，為修身齊家治國平天下之學。其持己嚴，待人寬。其識見遠大，不圖近利。以「正德、利用、厚生」為政治之極則。這目的雖不易達到，但終要望著那方向走。正德是對自己的修養功夫，即修身。利用是用人力物力求有利於國計民生。厚生是利用的結果。

我們通常稱學問，大都不察其意義，人云亦云罷了。只要仔細一想，可以知道我們所稱學問兩字，實為學問思辨四字的簡稱。而此四字，又為學問思辨行五字的簡稱。而此五字，又為博學、審問、慎思、明辨、篤行（《中庸》第二十章）整個思想系統與行為的簡稱。故學問實包括學思行三要素。

孔子之學，一由於「祖述堯舜，憲章文武。」這是歷史的。孔子說「夏禮吾能言之，杞不足徵也。殷禮吾能言之，宋不足徵也。文獻不足故也。足則吾能徵之矣。」又說「周監於二代（夏商），郁郁乎文哉。吾從周。」《論語・八佾》一由於「上律天時，下襲水土」，（《中庸》三十章）是天道的。孔子說「四時行焉，百物生焉，天何言哉。」（《論語・陽貨》）又說「天生德於予，桓魋其如予何。」但歷史的經歷也本於天道，所以孔子說「唯天為大，唯堯則之。」（《論語・泰伯》）

一切學問皆從法天道而立人道。故我們一切學問，溯其源，都由法天道而來。用近世語講，即由宇宙觀而立人生觀。宇宙觀是人對宇宙的看法。如四時循環，日月輪替，故信天理循環。以此合於歷史的一治一亂的循環，故信世運循環（即歷史循環）。戰國時有一學派，講五德相終始，即承認金、木、水、火、土五行循環生尅之宇宙觀，應用於政治而成五德。五行循環生尅，所以五德亦循環生尅。至於漢代，其說甚盛。王莽信此，以漢之火德將盡，當以新莽之土德代之。此乃根據五行相生之「火生土」。

世運循環或歷史循環之說，至清末進化論輸入，逐漸打破。世運循環遂改易為世運螺旋。因進化論改變了宇宙觀，故人生觀亦隨之改變。五行觀念為自然科學之輸入而打破，五德觀念亦告消滅。惟根據五行之算命，仍在民間流行，不過勢力已不如從前之大了。

我們常覺得有些臺灣同胞的名字很奇怪。如火旺，火爐，均因五行缺火。打銅，因五行缺金。厚土，因五行缺土。此一習慣，本由大陸傳來，不過在大陸上，用字較文一點。前清臺灣巡撫劉銘傳的銘字，或許因為五行缺金罷。因為用字較文，所以我們不覺其怪。

思想進步，我們對於宇宙的看法也會改變。宇宙觀改變，就會影響人生觀。

西洋自文藝復興以來，彼土人士，對於宇宙的看法，屢次變易，其人生觀亦一變再變。各種不同的人生觀輸入中國而影響我們的人生觀。我們取其人生觀而不察其背後的宇宙觀，取其流而不知其源。故終覺格格不能相入。此問題容後再談。

從漢代起，中國的學問，常稱天人（天道與人倫）之學。其上者根據先秦諸學說，法天道以立人道。立中國學術之基礎。其下者流入卜易星相災異符瑞等說，使人墮入迷信命運的迷霧中。

到了宋代，本此天人之學而倡理學。一面把講天命與性理的《中庸》，和講明德與人倫的《大學》，從《禮記》裡抽出來，合《論語》、《孟子》而成四書；一面與佛教染中國彩色最濃的禪宗合流。綜合以格物致知，明心見性及頓悟諸教條為求學之規臬。朱子之補大學格物致知釋義，足以代表宋儒之見解。他說：「……閒嘗竊取程子之意以補之。曰所謂致知在格物者，言欲致吾之知，在即物而窮其理也。蓋人心之靈，莫不有知，而天下之物，莫不有理。惟於理有未窮，故其知有不盡也。……至於用力之久，而一旦豁然貫通焉，（頓悟）則眾物之表裡精粗無不到，而吾心之全體大用無不明矣。（明心見性）」

從此又可見，程朱之學已與禪合流。元明之程朱學派常罵陸王為禪，而陸王派罵程朱派為玩物喪志。朱子在福建同安辦積穀，講方田，行鄉約，而同時設書院，註四書，解五經。王陽明在江西剿宸濠，在貴州龍場闢草萊，化蠻夷，同時頓悟良知之學。兩人各以時地之不同而立其學業與事功。黃黎洲在明儒學案裡說，兩派同本於「尊德性而道問學」（《中庸》二十七章），不過各有偏重而已。這話是公道的。

總之，我國的學問，本為經世之學，知與行是不能分離的。王陽明說：「知是行之始，行是知之成。」德與政也不能分離的。孔子說：「為政以德，譬如北辰，居其所而眾星拱之。」學問與事功也不能分離，蓋正德所以利用，利用所以厚生。

知識論（上）

吾國的知識論是根據「致知在格物」的。這是說知識是從格物而來。這「物」字有兩種意義。一是物的本體，即物質的物，如日、月、山、川、金、木、土、石等。一是指物之運行，即事物的事。如日月之起落，四時之遞嬗，歷史之演變，人事之動靜等。吾國之格物，絕大部分是指事。而格物質之物的，如道家之煉丹，火藥之發明，起重機，車水機的製造等等，不在正統思想之內，皆所謂藝而非道。在思想中居不重要的地位。孔子說：「志於道，據於德，依於仁，遊於藝。」（《論語・述而》）此說明藝不過業餘之事，即俗所謂「玩票」。

格物（無論物與事）是靠視聽臭味觸諸官覺，是眼耳鼻舌身五官的作用。目視的色，耳聽的音，鼻臭的香，舌嘗的味，身觸的冷熱堅軟，都是知識的根據。但這種官覺，須透過靈敏的耳目等才覺可靠。孔子說「視思明，聽思聰」（《論語・季子》），就是這意思。反過來說，如視不明，聽不聰，就會在知識上造成錯誤。又更須用心，五官作用，才生意義。所以大學裡說「心不在焉，視而不見，聽而不聞，食而不知其味。」故心與官覺並用才能成知識。「格」是用心去求官覺的意義。各種官覺如黃香甘堅等留在記憶裡，使他們在心目中聯貫起來，遂成意識。黃冷堅重的可能是金，白冷堅重的可能是石，要決定究竟是否金石，當然還有其他因素。這就要用心去鑑別了。我們腦筋裡所存金石的意識，就是從這樣得來的。

我們從這簡單格物的舉例，可以推想格事的程序，大致亦是如此，不過相關的因素更多，更複雜。從觀察某人的喜怒哀樂，推到其人的性格，要經相當複雜的程序。如察言（聽）觀色（視）。推想聲色和他種因素的關係（思），要心與官覺合作的。此與格物同一程序。

五官之所以能識色聲香味觸，就是孟子所說的良能。心能知官覺的意義，就是孟子所說的良知。

人何以有良知良能？這是性，是天所命的，或天賦的。用近代語說，是為大自然所賜予的。即《中庸》裡所說的「天命之謂性」。因為良知良能是與生俱來的。所以孟子說，不學而知的是良知，不學而能的是良能。至大自然從何而來的呢？這是自然而然的。因自己如此，所以當然如此。我們只知其當然而不知其所以然。此所以子貢未聞孔子談性與天道（《論語・公冶長》）。

宗教家說，天地（大自然）是上帝所造的，這問題似解決了。但是上帝為什麼能造天地呢？好像小孩得一蘋果，知道是爸爸給的。但爸爸從那裡得來的呢？難道他自己變出來的嗎？若爸爸說：「這是上帝賜予的」。如小孩相信了，便不成問題。從很粗淺的講，這是宗教的起源。若爸爸照事實說從樹上採來的。如小孩滿意了，這問題也就解決了。若再問樹上為什麼生蘋果呢？爸爸只好說，蘋果在樹上自然生長出來的，（猶如說性由天命而來）。如小孩認為滿意了，這問題也就解決了。我國的知識問題，就到此為止，不再追問。若再問下去，做爸爸的只好搖頭說：「我的兒呀，我也不知道。」

假如有人要繼續問下去，最後就成為自然科學中的植物學了。又如相傳牛頓因見蘋果墜地而發明地心吸力，那就入了物理學的範圍。

假如又有人說，我們何以知道蘋果是存在的呢？因為我們心裡有蘋果的意識。假如沒有這意識，就沒有蘋果的存在。粗淺的說，這問題就入了唯心派的哲學範圍了。

假如又有人說蘋果是存在的。心如白紙，因為蘋果印在我們心的白紙上，所以我們知道是蘋果。粗淺的說，這就入了唯物派哲學的範圍了。

又假如有人說，我們雖然不能確知蘋果的真實存在，但是心中的意識，我們可以保證是真實的嗎？又用粗淺的說法，這就入了懷疑派的哲學。

這許多哲學問題，不為中國人所樂道，且待後面再談。現在讓我們續談格物致知罷。

照常識講來，金是金，石是石，物是實在的。紅是紅，香是香，方是方，圓是圓，官覺也是靠得住的。官覺何以靠得住呢？照孟子的說法是天下之口耳目相似，故其知味音色相同《孟子・告子》。心能識各種官覺的關係而成意識，也是真實的。把各物按通則歸納成類別，又從各類別歸納起來，再抽出通則來，這通則也靠得住的。何以故？照孟子的說法，因為理是為天下之心所同然的（同上）。這是以人人所同然為真實的標準。思想與官能合作而識事物之理，是我國知識論的中心思想，也就是科學思想的基礎。

《中庸》裡說「博學之，審問之，慎思之，明辨之。」博學是廣識事與物，是由官覺而得的。審問、慎思、明辨是指示思想方法的大原則，而思辨的規則，可由各人從思想經驗中得來。在我國不再另立學科。西洋的邏輯，即是講此規則的，而我國則未予研究。唐代翻譯佛經中的因明學，是佛學的邏輯，而亦未在我國思想中生根。這話說起來很長，茲姑從略。

孔子說：「學而不思則罔，思而不學則殆」，是指學與思應合作的。就是說官覺與心應同時並用。

總上所述，吾國的知識論，是與近世科學的知識論走的同一條路線。即思想與官覺合作求事物之條理。所以中國人習自然科學頗能得手應心，絕無扞格難明之處。我國因重道輕藝，故人道之學（社會科學）甚為發達，但物理之學只止於應用，而不向物中求通理。中國自然科學不發達，此其重大原因。（見知識與科學篇）

更有一個重要原因，是中國人講知識已先定了一個界限（止境）。在此界限以外，老實承認為不可知，而且認為能知「不知」，即是知。孔子說「知之為知之，不知為不知，是知也。」《論語・為政》又說「未知生，焉知死」。《論語・先進》、《大學》、《經》首章論格物致知，便提出一個「止」字來。止是求知的界限。所以在傳二章又拿黃鳥作比喻來說明這「止」的重要。「緡蠻黃鳥，止於邱隅。」因為黃鳥是小鳥，不能高飛遠翔，只可以山的一隅作活動的界限，在這一隅裡棲飛，逾此限則危殆。人求知識，亦只能限於宇宙間的一隅。以儒家而論，這一隅就是自然的法則（孟子說有物必有則），應用於人世，便是禮。具體說來，就是修身齊家治國平天下。

老子亦說「知止可以不殆」。莊子說「吾生也有涯，而知也無涯，以有涯隨無涯，殆已」。都是說求知要有個界限，過此便是危殆。道家以識自然為止境，應用於人世，便是無為而治。

這個界限既定，西洋的自然科學，哲學的理想主義，講思想規則的邏輯，當然不在我國人求知範圍以內了。讓我們在下篇再說罷。

知識論（下）

上文已說過，我國的知識論，以心與官覺合作而識事物之理為中心；並定了一個知識的止境。此外，不再追問。現在我們可以把孟子的話引用於後，以為討論的基礎。

「口之於味也，有同嗜焉。耳之於聲也，有同聽焉。目之於色也，有同美焉。至於心獨無所同然乎？心之所同然者何也？謂理也，義也。」《孟子．告子》

此即說明心與官覺合作而識事物之理。我們可以先與佛學中的唯識論作一比較，然後再談西洋的知識論。

唯識論有八識。眼識（目之於色），耳識（耳之於聲），鼻識，舌識（口之於味），身識，意識，末那識，阿賴耶識。

從眼耳鼻舌身意，而知色聲香味觸法，有一部分與我國之知識論相似，因為心統合官覺而成知識是儒家與佛家相同的。意識即心之識理，在內而不在外。但儒家如上篇所說，承認聲香味觸法是真實存在的，因為是天下人人所同然的。佛家之唯識論者則謂萬物唯識，一切物體皆不過是阿賴耶識之顯現，故根本無外界物體之存在。

意識是我們懂得的，故可以意譯，意識以上，為我們所不懂的，故只好音譯。

二十幾年前，國中有一場科學與玄學的筆戰，結果各行其是，找不出一條共同的道路。因為科學由內至外，又由外返內，是內外合一的（即心與官覺合作）。玄學只向內走，屬於意識以上。終與我國思想格不相入。

開歐洲近世知識論之門的先導，一位是英國的培根（一五六一—一六二六），一位是法國的笛卡兒（一五九六—一六五〇）。培根反對當時流行的演繹邏輯，謂用這些邏輯反復辯駁去求真理，是得不到真實的知識的。這些邏輯好似一個蛛網，是一個知識的陷阱。我們要用一個新方法—歸納邏輯。思想要求助於觀察，以實地試驗去求真理。他於是開了近世科學方法之門。

與他同一時代的笛卡兒，也反對當時流利的各種學說。他說我們對於遺傳下來的學問，不能盲目接受，認為正確。但他認為可靠的是什麼呢？他說：「我在這裡想，就是我存在。」這是可靠的。他主張用一種有方法的懷疑，除偽求真。他於是開了近世理想主義之門。

到了英哲卜克來（一六八五—一七五三），他說，心中的觀念是真實存在的，外界的物體是不能信他是存在的。這與佛學的唯識論根相似。

英哲洛克（一六三二—一七〇四），以為心如白紙，由外界的物體印入心中而成知識的。這不能為我國人所相信，因為我們相信知識是由心與官覺合作而成的。

到了英哲休姆（一七一一—一七七六），他說，我們不能斷定物體是真實存在，但也不能斷定心中的觀念是靠得住的。

對於心與物之真實存在都懷了疑，那麼宇宙間還有什麼可以相信的呢？於是有德哲康德（一七二四—一八〇四）出，想證明什麼是真實的知識，著《純理的批判》。

從這本書裡，知道康德的知識論，大旨謂五官與外界的物體接觸而生官覺，由官覺而成官識，綜合官識而成意識。心之能識物與物關係之條理是內存而非外鑠的。這似近乎孟子的良知學說。康德有句名言說，「意識無官識則空虛，官識無意識則盲目」。這兩句話和孔子的「學而不思則罔，思而不學則殆」亦相似的。

德國的尼采是主張以權力為意志而反對理想主意的。曾贈康德以「堪尼斯堡的偉大的支那人」的徽號（康德為堪尼斯堡大學教授）。這可以想像康德的理想主義似乎是受儒家的知識論和釋家的唯識論一部分的影響的。

康德又著有《應用理的批判》一書，大旨謂道德律是絕對的，無例外的。道德律如有例外，就不成為道德了。例如誠實。如因有利可圖而誠實，則非真誠實。如以誠實為方便之門，亦非真誠實。

康德理想主義，包括理的內在論與道德律的絕對論，影響了德哲黑智兒。但黑氏的理想的辯證法，只在內心辯證，而不顧外界事物的理則。他以為時代精神的演進是一個矛盾律。有正必有反，正反相衝突，其結果成一個新綜合。這個綜合又成了正，正又必引起反。這正反矛盾律是絕對的真理。如此演變而無止境。這是理想的進化論。

他的思想的基礎是時代精神，是抽象的，形上的，是正的觀念與反的觀念的衝突。可怪得很，這形上的理想的辯證法，到了馬克斯手裡，便變成了歷史的唯物的辯證法。

馬克斯把歷史的唯物論套在黑智兒唯心論辯證法的模子裡，說封建主義是正，資產階級是反，資產階級吸收封建社會之殘餘，並因生產工具之改進，形成資本主義而成新綜合。於是資本主義是正，無產階級是反，綜合而成無產階級專政。馬克斯和黑智兒一樣，都以為這正反矛盾律是絕對的。但無產階級專政的反又是什麼呢？如此推演下去，就不容易了。因為在理想上可以把正反綜合三者推演而無止境，在進程中可以使辯證法如天衣無縫。但碰到社會經濟的現實問題，事實未必肯跟著邏輯走，於是就把矛盾邏輯放棄了，說從無產階級專政就會一直達到無產階級的社會。於是政府就用不著了，自然會萎縮下去，終至成為無政府無階級的社會。這時代精神的矛盾律也就到了一段繩子的末端。

黑智兒的理想辯證法是講明時代精神進化的通則，而此精神即正反矛盾律。其在馬克斯主義，至無產階級專政時，這矛盾律已覺技窮。若到了無政府社會，矛盾律就停止運行，則社會進化豈不亦就因此停止了嗎？

相信心與官覺合作而成知識的我國人，對於唯心的辯證法和因此而產生的唯物的辯證法實在不合我們的胃口，吞下去就會嘔吐出來。在我國，關於意識以上的知識，就要用外國字音譯而加以註解，才能表達一部分意義。如唯識論之末那識與阿賴耶識。

這幾十年來，西歐派與德國派的哲學，都或多或少陸續輸入我國，而德國派之理想主義，絕對主義，極權主義終不能滲入我國思想系統之內。即使知之亦不能好之，好之亦不能樂之。而經驗派的知識論曾在我國思想界起絕大作用，因為中國的思想，根本是屬於經驗派的。

我國現在是否需要理想派的知識論，知者見知，仁者見仁，姑置勿論。西洋因為對於知識論很有興趣，入主出奴，鬧了三百年的糾紛。而我國因對此不甚有興趣，故未投入蛛網。但這是我國學術的優點，還是缺點呢？若把這些問題提出來，恐怕科學與玄學的筆戰又要舊調重彈了。

宇宙論

宇宙論是人對於宇宙（或世界）一種有條理的看法。根據這看法，來應用於人生。人們相信宇宙的存在，有它普遍的條理。所謂有物必有則，亦即所謂道。人的理知與德行由天賦之性而來，故也包含在這條理以內。這則或條理，要透過物去想才能懂得，是形而上的。可以心思而知，不能以目視而見。孟子說：「天之高也，星辰之遠也，苟求其故，千歲之日至（冬至或夏至）可坐而致也。」（《孟子・離婁》）日月星辰是物，為目之所能視，是形而下的。其「故」是道，是形而上的。即所謂「形而上者謂之道，形而下者謂之器。」（《易傳》第十二章）器即是物，物是循道而行的。故能知其道，便知物運行之則。知此則即知此道。雖千載以後之冬至夏至，可以推算出來的。據董作賓君考據，我國在商朝時，天文學已甚發達。可知孟子此說，實受天文學的影響。天（自然）好像一架大機器，照自然的法則，永遠在運行。應用於人世，則可依據歷史的演變，（即人的經驗）推測而知「五百年必有王者興」。（《孟子・公孫丑》）孔子的「四時行焉，百物生焉。」（《論語・陽貨》）也可以說是受天文學的影響。《禮運》，孔子曰：「我欲觀夏道，是故之杞，而不足徵也。吾得夏時焉。」）春夏秋冬四時之遭變，昆蟲草木之春生夏長，秋收冬藏，周而復始之循環，都循此理則。應用於人世，則可依據歷史的演變，推測「其或繼周者，雖百世可知也。」（《論語・八佾》）

儒家從自然去求則，以此法則應用於人世，而道家則以自然之本體應用於人世，（老子謂「有物混然，先天地生」，就是指自然的本體）兩家之道的意義不同即在此。故一則主禮治，一則主無為之治。

在本省屏東縣鄉村裡某農家門上黏貼著一副對聯：

修其天爵
教以人倫

這是根據孟子的，可以代表儒家的宇宙論。又在某地見一副對聯：

天空海闊
魚躍鳶飛

這與莊子〈逍遙遊〉同一精神，以魚鳶喻人，逍遙天地間，自由自在，在大自然的限制內不受拘束。這可以代表道家的宇宙論。

二千數百年來，這兩種宇宙觀，或彼此互為消長，或兩者折中並存。中國社會之基礎，即建築於此兩者之上。我國學人，或彬彬有禮，或瀟灑達觀，或兼而有之，即受二者之影響。

希臘人有「羅格斯」一語，意即自然之理則。此理則瀰漫於宇宙，與中國儒家之道頗相近。但另一部分有言或名的意思，則側重知識。西洋哲學之邏輯，即從「羅格斯」一語演變而來。邏輯即言之條理，或理之法則。現在之地質學，動物學，昆蟲學等西文名詞均殿以「羅其」一語，其意為地質的邏輯，動物的邏輯等。

希臘人之講理則，偏重於知，邏輯即求知之方。中國人之講理則，偏重在行，人倫為行之常軌。故蘇格拉底之學，為修其理智，教以辯證。孟子之學，為修其天爵（仁義），教以人倫。老子之學，為任其自然，教以無為。

希臘之理性主義，傳至羅馬而成斯多伊克派的理性學派，更因此發展為有普遍性的羅馬法。其後耶穌本猶太教以一神為主宰的宇宙論，而立「愛上帝高於一切」和「愛隣如己」的兩教條。此教傳入羅馬後，經過了一個長時期，才和希羅（希臘羅馬）文化由衝突而交流。耶教神造的宇宙論遂為歐洲諸民族所接受，而人人成了耶穌教徒，個個希望將來上天國。

羅馬滅亡以後的一千年中，因禍亂並乘，民不聊生，故人人以為現世是罪惡，是痛苦，都相信世界末日將至。惟有天國充滿了正義和快樂，都相信惟有天國是他們的出路。到了十五世紀，意大利商業日趨發達。貴族擁有金錢和閑暇者日多。當然會覺得現世也有可享樂的地方，又當然也會想到在現世享樂一個時期，也不致堵塞了將來入天國之門。於是潛存的希羅文化成分——美術文藝和科學——漸漸抬起頭來，而造成「文藝復興」運動。這是人國在現世抬頭的第一次。西洋史上稱為人文主義（其意義為以人為本位的文化）。

這運動漸漸北流，至十六世紀，在德國由馬丁路德領導，釀成了一個宗教改革運動。其主要點是以個人的理智來解釋聖經裡所說的話，不要羅馬教堂代為解釋。耶穌新教於是成立。新舊兩教，成為我們所習知的耶穌和天主兩教派。這個宗教改革運動的結果，是把人的理智，置於傳統的宗教信仰以上。

以上兩次的大運動，雖並不想推翻天國，但把現世人國的重要性加強了。美術、文藝、科學、理智，在人國裡漸漸滋長起來。

至十八世紀法國大革命的前夜，起了一個歷史所稱的大光明運動，人們想把天國搬到現世界來，並相信博愛、自由、平等，可以在現世界裡實現。盧騷說：「天生的都是好的，人造的都是壞的。」這是代表順天的自然主義。西洋史上稱為浪漫主義。（其意義為縱感情自然的奔放而任其所至。）此時中國儒家本於自然的理性主義和人文主義，頗為當時學者所歡迎。因其與當時的時代精神頗相符合。此順天的自然主義，至十九世紀流入英國而成經濟的放任主義。胡適之先生頗疑此為受老子學說的影響，或許是對的。但儒家學說中，自然主義之彩色亦頗濃厚。例如孟子笑宋人之揠苗助長，談牛山之木的常美和主張性善。

到了十八世紀，牛頓的天文學說與地心吸力學說（萬有引力）出，把宇宙機械化了。宇宙像一架大機器，按照自然律運行，於是人們把此和宗教聯起來，想像上帝是一位大工程師，在天上把這機器運轉著。

牛頓是科學家，凡科學家只管求天然律，不管其對於宇宙論的影響如何。但是科學的發明，結果都會影響宇宙論的。

其後達爾文之進化論（嚴譯《天演論》）出，倡物競天擇，適者生存之說。人們對於宇宙（或世界）的看法，發生了絕大的變化。其最要者為靜態的宇宙觀，變為動態的宇宙觀。由機器的宇宙觀，變為生物的宇宙觀。由膠著的世界，變為進化的世界。於是宗教家大起反對。美國有數州至民國初年，尚有禁止在學校裡教進化論的。數十年前，哥倫比亞大學牧師諾克司先生，曾告訴我。他說有一位學生，聽見教授講進化論，說達爾文說的，我們的祖宗是猴子。這學生暑假回家告訴了他的父親。這老先生搖頭說，「你的祖宗是猴子，我的祖宗不是啊！」

近數十年來，愛因斯坦修改了牛頓萬有引力的算法，證明天然律是相對的，不是絕對的。這些話，我們不學高深的物理學與數學的人是不懂得的。但人們所信的真理，因此而受絕大的影響，使好多人相信真理是相對而不是絕對的。

以上一聯串的宇宙論的改變和發展因新者來而舊者未必盡去，或舊者本身起變化而與新者調和，致使西洋文化成複雜性。我們因此對於西洋文化之研究，往往顧此失彼，恆覺左右為難。在此複雜情形之下，常覺摸不到頭緒。我們只好拚命的學，要學到知己知彼，然後方能百戰百勝。

五百年前，西洋的思想都朝向天國，以演繹的邏輯在宗教籠罩下求真理之所在。劈髮裂毫，毛舉細故，在經院裡辯論。其甚者至提出一枚針尖上能容多少天使跳舞的問題。自十五世紀文藝復興運動起至現今，人們是想在現實世界裡建立一個充滿了正義和快樂的天國。

西洋希羅系的文化重知，故想用邏輯以求真理。演繹邏輯的一條路走不通，於是改進為試驗的歸納的邏輯。首倡者為培根。以後一聯串的科學家出世，多所發明和成功，積聚至今而自然科學甚為發達。而世界上驚人的發展，亦由試驗的科學的成績而產生。然而人文科學（社會科學）尚在進化的路程中，其成就遠不如自然科學。從前以地上建天國的道路崎嶇，西方的人們只好寓意寄情於「烏托邦」。但是烏托邦和神造天國一樣，可望而不可即。

吾國文化向來是腳踏實地的，始終不肯離開這個地球。我們的不朽，是在現世界立德立言立功。我們的最高理想是世界大同。《禮運》裡說：「大道之行也，天下為公。選賢與能，講信修睦……使老有所終，壯有所用，幼有所長。矜寡孤獨者，皆有所養……貨惡其棄於地也，不必藏於己。力惡其不出於身也，不必為己。是故謀閉而不興，盜竊亂賊而不作。故外戶不閉。是為大同。」但這大同世界，我們相信要腳踏實地的從修身齊家治國一條路上走去才能達到。

情志論

《禮運》裡說：「飲食男女，人之大欲存焉。死亡貧苦，人之大惡（去聲）存焉。故欲惡者，心之大端也。」這是說，從飲食男女裡，我們可以見人之大欲，從死亡貧苦裡，我們可以看見人之大惡。講人情好惡之透徹，沒有像這短短數語那樣澈底的。

為此飲食問題（當然包括衣），所以孔子說「足食足兵」。管子說「衣食足而知榮辱」。孟子以「五畝之宅，樹之以桑」，「雞豚狗彘之畜，無失其時」，「百畝之田，勿奪其時」，「斧斤以時入山林」，「數罟不入洿池」為行仁政之始。民生主義亦以衣食為首。因為人之大欲不能使其滿足，乃大亂之源。

其次則男女問題。《詩經》開始，即說「窈窕淑女，君子好逑」，又說「窈窕淑女，寤寐求之」。《詩經》裡關於男女情怨之詩甚多，一翻閱便知。孟子對齊宣王說：「昔者大王好色，愛厥妃。……當是時也，內無怨女，外無曠夫。王如好色，與百姓同之，於王何有。」

人莫不惡死亡貧苦。所以孟子對梁惠王說：「今也制民之產，仰不足以事父母，俯不足以畜妻子。樂歲終身苦，凶年不免於死亡。此惟救死而恐不贍，奚暇治禮義哉。」（《孟子・梁惠王》）《大學》裡說：「好人之所惡，惡人之所好，是謂拂人之性。災必逮其身。」（《大學》第十章）惠王好色，好貨（財）。孟子對他說，只要和百姓同好，就可以王天下。只怕他自己好色好貨，不許百姓同好，那就糟了。

以上所言，皆是講人之情。喜、怒、哀、懼、愛、惡、欲，古之所謂七情。《禮記》裡說皆不學而能。瀏覽古籍，多言凡七情只可疏導，不可遏止。

語云：「防民之口，甚於防川」。口是人民用以表情的。不許他們的情感從口發洩，好像堵塞狂流一樣，一定要潰決的。《大學》裡說：「民之所好好之，民之所惡惡之」。（《大學》第十章）人民表示好惡（即欲與惡），西洋謂之輿論，是說人民的意見。我國謂之輿情，是說人民的情感。前清對於知縣（縣長）有傷人民情感時，往往把他撤職。我們常見上諭裡說，某某知縣「不洽輿情，著即革職」等語。

但欲與惡既不可遏止，那麼應任其奔放嗎？儒家說那是「不可以的」。《中庸》裡說，喜怒哀樂之未發，謂之中，（蘊藏在性裡）發而皆中節，謂之和。（如音樂之和調）……和也者，天下之達道也。」（《中庸》第一章）故儒家重禮樂以疏導人情。《禮運》裡說「故禮義也者……所以達天道順人情之大竇（通氣的大窟窿）也」。《孝經》裡說「移風易俗，莫大於樂」。樂是導情之工具。古史裡說周公制禮作樂，故禮樂常並稱。古之謂禮，包含甚廣。舉凡典章制度，國際朝聘，婚喪祭祀等皆曰禮。吾國現在之憲法、民法、刑法，其原則在古時亦皆包括在禮之內，即樂亦包括在禮之內，皆所以達天道順人情之大竇。孔子說「禮云禮云，玉帛云乎哉，樂云樂云，鐘鼓云乎哉。」可見當春秋的時侯，禮樂已經衰微，典章制度湮沒，大竇堵塞，人欲已乏疏導之方。戰國時代之紛亂，於孔子時已見其兆。

我們在前文知識宇宙諸篇中，所談的都是知識問題。我們在本文討論情欲問題時，已可見知識不過為人生問題的一部分。而人生一大部分之活動，實籠罩於情欲之中。歐西十五世紀之人文主義出於情感。十六世紀之宗教改革雖似重理智，其實出於反羅馬教皇的情感。且耶穌之教本於高度之愛，非理智所能抹殺。十八世紀之浪漫主義，則情欲奔放，任其所至。當時苟無熱烈之情欲為之推動，謂十八世紀大革命勢將延遲亦無不可。自由本於欲，即人人想達自己之欲。平等亦本於欲，即人能達其欲，我亦要達我之欲。博愛則發自情，即我國之仁。本出於惻隱之心。孟子的四端，仁出於惻隱之心，義出於羞惡之心，皆屬於情。禮出於辭讓之心，智出於是非之心，方才是知。情所以用知，知所以導情。情無知，則失其指導，猶舟之失其南針。知無情，則失其動力，猶車之失其引擎。即以家庭日常生活而論，子孝父慈，情也。兄和弟睦，情也。夫婦相愛，情也。朋友相善，情也。理想的家庭，莫不滋長於情感之中。

但是美滿的家庭，有情亦須有智。我們幼時讀的《三字經》裡說「昔孟母，擇鄰居。子不學，斷機杼。」「養不教，父之過，教不嚴，師之惰。」《中庸》裡說「天命之謂性，（包含情與理，故情曰性情，理曰性理。）率性之謂道，修道之謂教。」我國之教，在以理導情，使情與理在人性中平衡發展。則喜怒哀樂發而皆中節。我們日常對於處事妥貼，常說「合情合理」，「斟情酌理」等語。言雖通俗，源實深遠。

歐洲十八世紀法國之革命，本於熱烈之情欲。移時情退而反動復起。至十九世紀修明政治制度，改進社會立法，以導情欲於正軌。西洋社會之進步，實以此為基礎。民有、民治、民享的政治組織，皆所以達天道順人情之竇。

我國在宋朝以前，情欲與理智大致是均衡的。漢朝之文章武功，唐代之音樂、詩歌、舞蹈、蹴鞠，均能使感情洋溢而發為熱誠。北宋初期尚有具體而微之風氣。此後我國學術，受禪宗之影響而成理學。以清心寡欲（此中當然亦有道家成分）明心見性教人。塞洩情之大竇，情欲遂窒息而枯槁。自南宋以來八百年間，我國人之情欲竟如槁木死灰，雨露不能潤，風吹不能起了。

理智本以導情，而理學則以理智箍情。孔孟原始之教，本非如此。陸王之學，對此雖表示反抗，但其主要點仍為理智。

總之，人生如戰陣。衝鋒陷陣者是情欲，運籌帷幄者是理智。自福祿特（一八五六—一九三九）研究潛意識之心理學問世以來，人們知道情欲如被壓迫，則隱伏於潛意識中作祟，而造成變態心理，致使思想行動乖僻，尤以男女問題為甚。此對於情欲問題之研究，已更進了一步。我們在《紅樓夢》、《水滸傳》、《儒林外史》、《二十年目睹之怪現狀》、《浮生六記》諸小說裡，可以找山許多例子來，說明情欲被壓迫的痛苦和所造成的乖僻行為。

我們講情欲問題，至此姑且告一段落。茲請言志。

志是把情欲導入一定的方向，繼續不斷的向前推進。沒有志，就如無舵之舟，漂泊無定向。故吾國講學，自先秦至明清，無不以教人立志為入學之門。翻閱古籍，隨處可見，無庸引證。即個人經驗，亦莫不知立志為求學處事之前提。立志如射，有一定的鵠。猶如軍隊打鎗，向一定靶子打去。初學射的人常覺不能得手應心，發矢多著鵠外。但如射者想成為神箭手，必定要有決心，無論下多少工夫，在所不惜。若久學而不成，不可責弓矢之不聽命，而當自省技術之有欠缺。此所以古人教我們反求諸己，不惜用一番工夫來反省自己的心法、眼法、手法，逐步改善。若鍥而不舍，久而久之，自然心手相應。（《莊子・天道篇》輪扁斲輪）至成功之大小，則與個人之智力、眼力、腕力，都有關係。

但是只有志是不夠的。志不過是一個方向，沒有濃厚的情感在裡面發動，猶如帆船之有舵而無風，不能前進的。俗語對於志，有兩個說法，一個是志向，只是行為的方向，是舵的使命。一個是志氣，是志合濃厚的情感，是風的使命。這情感叫做氣。在軍隊叫做士氣，在行為叫做正氣，在學校叫學風。風與氣有時互用，有時並用，叫做風氣。如社會的風氣，學校的風氣，或軍隊的風氣。但其意義有時亦有出入。實則氣則風之靜，風則氣之動。本是一件東西。

孟子說，「夫志，氣之帥也」，志是氣的指揮者。「氣，體之充也」，氣是全身充滿的熱誠。「夫志至焉」，志是指示所欲至的方向。「氣次焉」，氣要緊跟著志走。「故曰持其志」，是說要把握方向。「無暴其氣」，是說不可使熱誠洩氣或碰到阻礙。如能把這熱誠配合義與道，就成為「浩然之氣」。《孟子・公孫丑上》

歷史論（上）

歷史的循環直線與螺旋

歷史兩字是現代語，古代稱史。羅振玉氏據鼎文解釋謂「掌文書者謂之史」。故史乃史官，其所掌之文書亦曰史。猶今之檔案，藏於政府而不見於民間。檔案當然要編類，從各類擷其精義，演變而成有系統之記述。此種記述「晉謂之乘，楚謂之檮杌，而魯謂之春秋，其實一也。」（《孟子》）墨子謂「吾見百國春秋」。故各國均有春秋，不獨魯國為然。孔子根據魯國春秋而作《春秋》。藏於官府之史籍，其系統的要旨始得流傳於民間。孔子說他「述而不作，信而好古」，可以想像孔子在當時從魯檔案裡找春秋材料的情況。故孔子所作之春秋與藏於魯府之春秋，其要旨當無大異。不過其文簡略，以二百四十二年之事，只以一萬八千言為之記。故後世得以己意實之，使《春秋》變為不可思議之奇書，

「其中多非常異議可怪之論」（漢何休公羊序）。朱子謂看春秋「只如看史樣看」（《朱子語類》八十三），實至理名言。

朱子又謂「春秋大旨，其可見者，誅亂臣，討賊子。內中國，外夷狄。貴王賤伯而已。未必如先儒所言，字字有意義也。……（孔子）取史文寫在這裡，何嘗云某事用某法，某事用某例耶？」春秋之宗旨，實在如此。但尚有應補充者，即貴王者所以尊文化之統一也。又所謂夷狄者，重文化之分，而輕種族之異。即所謂夷狄而諸夏者則諸夏之，諸夏而夷狄者則夷狄之是也。

至孔子之春秋所以簡略之故，實為物質所限。孔子並非故為簡單，使後世作猜謎用，因為古時書用竹簡，間用木板或縑帛。縑帛稀貴，木板不便編排，兩者大概只用於作圖，故作書普通均用竹簡。因為工具所限，故行文不得不簡略。古希臘用羊皮或其他獸皮作書，故得暢所欲書。中國古書簡略而難明，希臘古書詳密而易曉，均與工具有關。（按古埃及有一種古紙，以尼羅河畔所產蘆葦的軟心壓迫而成。古希臘亦採用之。惟產量不多，故通用者為羊皮。直至現今，在偏僻之地。仍有用之者。）

孔子所編之《春秋》為編年體，後世編年體之史，即以此為本。墨子所見之百國春秋，體制如何，已無從查考。惟秦始皇未秉政時，呂不韋之《呂氏春秋》，則以類編，並非編年。可知春秋不必皆是編年之史，編年體亦非史之必要條件。司馬遷之《史記》，其體制有異於孔子編年之《春秋》。此或在先秦時已有類似之先例，不必為司馬遷所獨創。）

史通謂春秋「言春以包夏，舉秋以兼冬」，故春秋兩字乃指春夏秋冬四時周而復始之循環。以四時之循環代表治亂興亡之循環，不必僅限於以日繫月，以月繫時，以時繫年之義。證諸吾國之天道明人道之「天人之學」亦相符合。孟子謂五百年必有王者興，亦是循環之意。古希臘亞利士多德著《政治》一書，亦主張一治一亂之循環說。故歷史循環論，實為中西古時之共同見解。蓋由人類所共同的歷史經驗而來。

西洋歷史之直線論，係從宗教而來。耶穌教之天國思想，為人生最高目的，亦為最終目的。故人類當直向天國而行。至十八世紀，人們想在人國裡建天國。自由平等博愛為法國革命之目的。至十九世紀，歐西之民主政治日趨進步。洎進化論出，更使歷史直線說有科學的根據。

無論春秋兩字之意義如何，吾國歷史一治一亂之循環，已為古代與後世歷史所證實。清王船山讀《通鑑論敘論》裡說「天下之生，一治一亂。」又說「一治一亂，天也。猶日之有晝夜，月之有弦望晦朔也。」

至清代末期，《天演論》（即進化論）譯本問世。吾國學者莫不受其影響。歷史直線說遂為吾國學者所接受。推其故。一則因「物競天擇，適者生存」為常識所可推知。孔子既說「四時行焉」，又說「百物生焉」，則生物演化，亦在吾人思想之中。而孟子又多引生物之理以喻人生。二則公羊三世之說，由據亂世而昇平世而太平世，即《禮運》之由小康而達大同，而大同世或太平世，為吾國歷史之最高亦最終的理想。向此推進，是直線的而非循環的。

第一次世界大戰後，歐洲物力凋弊，民主政治發生破綻，使一部分人士對於民主政治為政治極則的觀念發生懷疑，於是集權主義漸次抬頭。古代之歷史循環說因此復起。其主要之代表著作為德國斯賓格勒之《西方的沒落》。稍後則為英國湯恩培之《歷史的研究》。

斯賓格勒（一八八〇—一九三六）把西洋歷史分作三環。第一環為希羅（希臘羅馬）文化，第二環為耶教文化，第三環為西方文化。每環有生存、茂盛、衰微、沒落四期，如春夏秋冬四季。斯氏曾引每環之歷史來證明他的主張。說到西方文化，他以為十世紀為西方文化春季的開始，十六十七兩世紀為夏，十八世紀為秋，十九世紀是冬季的開始，到了二十世紀，沒落的時期到了。

他以為從第一次世界大戰裡（一九一四—一九一八），應該看出此後不斷的戰爭已經開始，並將有好多愷撒（羅馬皇）出現。最後其中之一將得勝利，在世界建立統一的帝國式的威權政治。

這預言當然不能為西洋歷史家所接受。

湯恩培於數年前自英渡美後，現在溌林斯頓研究院任教。他的《歷史的研究》已出六冊，尚有四冊即將出版。材料豐富，篇頁浩繁，除少數歷史專家外，很少人能把這鉅著讀過。幸有塞茂伐爾之節本問世，使喜讀歷史的人們不致望洋興嘆。

湯氏研究世界古今二十幾個社會（或文化）後，謂社會的進化，並非緣單純的一條直線。除現存的幾個社會外，每個已往的社會（或文化）都經過生長破裂分化沒落死亡的幾個階段。湯氏常引用中國的陰陽兩語代表歷史的靜止和動態。當文化初生時進步甚慢，是陰。發達時甚為活動，是陽。退化時又是陰。一陰一陽的循環，是歷史的過程。有幾個社會死亡後，就不再現。有幾個社會於死亡後，他們的文化遺傳到另一個新興的社會。

湯氏對於文化的過程持循環說。但他是宗教的信仰者，信仰是直線的。循環與直線相合而成螺旋說。一面循環，一面仍是前進。前清末期學術界所通行的世運螺旋說，可以說是一治一亂之循環說與春秋三世說和禮運大同之直線說相合而成的。但中國學者對於歷史螺旋說之自覺，西洋輸入之進化論實有以促成之。

湯氏對於西方文化的結論是悲觀的。但湯氏以為我們只要有一個宗教的信仰，人類的文化是有出路的。這是以信仰的直線和世運的循環奮鬥。他於一九五三年出版的《世界與西方》一書結論裡說：「當希臘羅馬以武力征服世界後，世界把戰勝者以新宗教來制服他們。這新宗教不分統治者與被統治者，不分希臘人與東方人，凡屬人類，都一視同仁。這是希羅文化與世界接觸以後歷史的展現。未來歷史未竟的一章，將類此而寫成嗎？我們很

難說，因為我們不能預知將來的事。我們所能見到的，是在歷史上曾經發現過一次的事，將來至少也是一條可能的出路。」註

湯氏以宗教的信仰為世界將來的出路，而錢穆氏經長期間研究中國歷史，以道德的信仰為中國將來的出路。（見錢穆《中國歷史精神》）宗教與道德，兩者之間有共同之點存在，因為西洋的宗教與中國的道德本有其共同性。（見〈宗教與道德篇〉）惟湯氏以宗教信仰為可能的一條出路，而錢氏則以道德信仰為當然的出路。

五十年前，吾國人對於自己文化的前途感覺徬徨。第二次世界大戰後，西歐人（包括美國）對於自己的文化的前途亦同樣感覺徬徨。將來的歷史如何展現，是現代史未竟的一章。歷史家都在援引往例，推想將來。

註：湯恩培之《歷史的研究》七至十冊，最近已由牛津大學出版。從雜誌的書評裡，我們知道湯氏所主張的宗教，並非只是基督教。他說即使世界只剩了基督教與佛教，他仍不能決定到底選那一種。若為西方人方便計，基督教自較為合式。但他不相信現在教堂裡通常所講的宗教，可以當得起這個使命。

他不以基督教為唯一的真宗教。倘若有人這樣主張，可說是一種罪孽。他以為世界「高級的宗教」，如基督教、伊斯蘭教（即回教）、佛教、印度教等，都以不同的道路走向「上帝的聖城」。我們應該學耶穌的受難救人，菩提薩埵（即菩薩）的自己覺悟而有救眾生的宏願。

四十三年十一月

歷史論（下）

歷史的徵信與借鑑

吾國歷史的中心思想為從歷史裡識治亂興亡之理，以為後世借鑑。這原則早在《詩經》裡說過。即「殷監不遠，在夏后氏之世。」那兩句話來源雖甚古，而流傳至今不替。於是「博古以通今，知往而識來」，遂為通俗所共曉。

其次為歷史的材料問題。吾國求知之方，本於格物致知。既欲在事物裡求知，故歷史的材料（史實）必須確實可靠，精密客觀。否則所得之知，便靠不住。此所以《春秋》之義「信以傳信，疑以傳疑。」（《穀梁・桓五年》）孔子之「毋意毋必毋固毋我」是重客觀的意思。孔子說：「夏禮吾能言之，杞不足徵也，殷禮吾能言之，宋不足徵也，文獻不足故也。足則吾能徵之矣。」是說史事要有徵而後才可靠。唐劉知幾之《史通》，清章學誠之《文史通義》，均以徵信為史之要旨。他如漢儒與清儒之學，均以求徵為主旨。故徵與信，數千年來一脈相承，未敢或違。有信必有徵，徵信一辭，由此而來。通俗所刊之《徵信錄》，即本此觀念。

近世科學，本為精密的徵信之學，故自十九世紀科學發達以來，西洋史學因受科學方法之影響，採取史料，日趨精密客觀，史學因亦日就進步。吾國自「五四」前後採用科學方法治學以來，史學的徵信之道，亦日益精密。此對於國史之貢獻甚大。

茲請言歷史的借鑑。識往事以為後世警誡，謂之借鑑。鑑是鏡子。歷史的往事，反映在鏡子裡。我們從這鏡子裡可以看到以往治亂盛衰興亡成敗之理。孔子作春秋而亂臣賊子懼，因為從這面歷史的鏡子裡，他們可以看到本身將來可能的結局。

但史實是一回事，史實的看法又是另一回事。因為見仁見智，人各不同。故同一史實而解釋可因人而異。史學的派別就因此而起。現今西洋對於歷史的看法，歸納起來，大致可分為四派。這四派有時亦彼此互為影響，並不能如楚河漢界似的劃分得清清楚楚。

一、歷史是只把當時發生的事實，忠實的記載下來，使他成為信史。只管事實，不顧其他。中國歷史家本來有此看法的。

二、歷史是以往事的教訓，來解釋當前的問題，指出可能解決的途徑。中國歷史本來也是如此的。

三、歷史是根據作者的見解（或哲學）而寫成的。我國與此相似者可以《公羊傳》與康有為《孔子改制考》為例。康氏之主張是從公羊來的。在西洋這派歷史家認哲學與歷史為一事，以史實來湊合他們的理想。如黑智兒、馬克斯、克羅彩、斯賓格勒均屬此派。他們在一般歷史學家的眼光裡均被認為「左道」。但他們卻把西洋歷史攪得翻天倒地。

四、歷史是普遍存在於今日生活裡的往事。這派認為現今社會裡各種活動，是過去的歷史在推動。猶如滾滾長江東逝水，到了揚子江口，是經過幾千里積聚而成的。歷史是動態的力，在現今生活裡推動。如你不知長往之長，就不知揚子江水力之所以雄偉。如你不知歷史，就不知歷史的推動力。我們研究文化史、社會史、思想史、美術史、宗教史等可認為是分門研究一個民族在每一個時代各種的活動力，以期綜合而知歷史的整個活動力。接著研究到最近狀態，就可以知道現在的一個社會或文化前進的可能方向。這於想解決一個國家或國際問題很有幫助。

講起社會史，我們就想到臺灣的「拜拜」。我們知道「拜拜」勢力最大的是媽祖。媽祖據連橫《臺灣通史》及方豪《中西交通史》所載，是宋朝福建莆田的一位姑娘，她能使神通，布席海上濟人。後來她死了，相傳常衣朱衣，乘雲氣遨遊島嶼間。因為她能使航海安全，正是華僑航海所需要的聖母。故南宋時封她為妃，元代加封為天妃，清乾隆間敕封為天后。航海的需要增多，她的地位亦加崇。我國沿海各省口岸及海外華僑區的天后宮及臺灣的媽祖廟，原來都為保護航運而建立的。方豪氏深信「天后之尊崇，其為宋元以來國家獎勵國民向海外發展之政策。」蓋亦本神道設教之遺意。

我們講這個故事，是為社會史研究的重要性舉一個例，並藉此說明普遍存在於今日裡的往事。

無論歷史是循環的或直線的（見歷史論上），我們應該研究人民整個的生活力。循環是整個生活興盛衰亡的循環，不能以政治上簡單的一治一亂了之。一個社會的共同信仰或理想是直線的，它的完成或實現要靠全社會人民共同努力。中山先生的三民主義是直線論（民有民治民享是從十八世紀起，人們想在人國裡建天國的道路，是直線的。「以建民國，以進大同」，民國是小康，最高目的是大同，也是直線的。）所以他要喚起民眾及聯合世界上以平等待我之民族共同奮鬥（國父遺囑）。喚起民眾，不是幾個標語所能生效的，最要的是在共同信仰之下共同奮鬥。

民族的生活力是由民眾共同奮鬥而來的。美國在這三十年來，有一派歷史家，以邊疆論講歷史的動力。其大意謂在數百年短短的歷史中，美國國民籠罩在邊疆生活裡，他們的闢草萊排萬難的精神在推動著國民向前奮鬥，直至太平洋沿岸，方才達到處女土的邊緣。所以美國的精神，可以說因拓疆而制馭大自然的精神。拉鐵摩爾《中國的邊疆》一書，似乎是受邊疆論的影響。

試以吾國歷史而論，吾國文化的統一，在春秋時，楚吳越加入華夏文化集團以後，因此中夏文化推廣至揚子江以南。漢唐之盛強，由於西面與西北邊疆之拓殖。至六朝時，華北為突蘭民族所佔據，北方之邊疆盡失。中夏社會之南遷，即開始於東晉。後經隋唐之統一，恢復舊疆，唐之勢力復盛。至五代而邊疆復失。宋明兩朝均侷促於中土，國勢於是駸駸日下了。元清兩朝本均為突蘭民族，中國不過為其附庸。清代之盛強，亦基於東北與西北之邊疆。其後清代的突蘭族在文化上雖為華夏所同化，惟兩族始終離心離德，缺乏共同信仰。於是為華夏之民族主義所截擊，終至在治亂興亡循環裡結束了歷史的一環。

輯二：《談學問》下篇

民族的接觸與文化的交流

中華民族向來不是孤立的。先秦歷史所記載的，有東夷西戎南蠻北狄（但其稱謂，並不一致）。這四種民族不但環繞我們的四方，而且成群結隊的雜居諸夏（華夏諸國）之間。只要一一讀《左傳》，便知這許多夷狄常常和諸夏互相侵略。諸夏之間，自己也互相鬥爭。到管仲相齊國的時候，制定了「尊王室，攘夷狄」的政策。這政策就是說聯合諸夏共同對付夷狄。後來孔子對於管仲的批評說：「微管仲，吾其披髮左衽矣。」披髮左衽，是當時夷狄的服裝。這就是說假如沒有管仲的尊王攘夷政策，當時的諸夏，都要被夷狄征服了。

「尊王室」不但為統一的象徵，更重要的是為尊重文化的中心。吾國傳統的歷史，常說堯舜禹湯文武周公的道統，可見文化中心常在王室。後來加上了孔子，因為他集歷代文化之大成。

吾國各民族之混合統一，有三個因素：（一）經濟的，（二）文化的，（三）武力的。這三個因素相互為用，以文化為主幹，經濟為基礎，而以武力為保疆拓土之工具。

春秋時代的文化政策是：「諸夏而夷狄者，則夷狄之。夷狄而諸夏者，則諸夏之。」楚是夷狄，於加入華夏文化集團後，則成華夏，杞是華夏，因其用夷禮，被稱為東夷。

中國傳統的思想，大抵重文化之異（現代稱文化，古代稱禮教），而輕種族之分。（好多所謂夷狄，實係化外華族，並非全部都是異族。故以種族而論，自不能嚴格區別。）故蠻夷戎狄或被武力征服，或被文化吸收，而入華夏集團成一大華夏，故中華民族並非一個單純的民族。

但是要進一步了解中華民族與文化之形成，我們便要知道中亞西亞的兩個大民族。據近代歷史家的研究，一個叫做突蘭民族，一個叫做伊蘭民族，這兩個民族是數千年來和我中華民族並存的。我國歷史上常見的西戎、北狄、匈奴、回鶻、東胡、突厥、烏桓等等（近代的匈牙利、芬蘭、土耳其等國家）均與突蘭民族異派而同族。

大宛、大夏、月氏、安息、烏孫等等（及近代現存之伊蘭）均屬伊蘭民族之支派。當今甘肅邊境，新疆全省及西逾葱嶺之地，漢代稱之曰西域，分數十國，皆伊蘭族也。

秦代以前，環繞我國西面與北面的戎狄，如赤狄、山戎、北戎、犬戎等等，並非各個孤立的民族，乃是突蘭民族之支派。此去彼來，源遠流長。犬戎毀滅了西周，周室東遷洛陽。中國遂入春秋時代。幸賴西方的秦，擋住了西面來的突蘭族，東方的齊和北方的晉，擋住了北面來的突蘭族，華夏文化才得保存。

以經濟而論，華夏文化實建築於平原之農業經濟基礎上，以一城郭為行政教化及工商業與武力之中心。四週環以農田，施以灌溉，通以道路或河流。此即古之所謂國。大小雖有不同，而其典型大致如此。周之封建，即以此為根據。秦改郡縣，典型大致相同。直至今日之州縣，其典型猶昔。（近代縣與縣交界之窮鄉僻壤或深山中，常有土匪出沒其間，頗與當時所稱之夷狄相似。雲南之擺夷羅羅，頗似早期之吳越與楚人，已半同化於華族者。）

春秋之世，稱國者約有二百，國與國之間未開墾之地，為夷狄流居之所。以後各國大併小，強吞弱，至戰國末期只餘七國。至流居之夷狄，亦被同化於華夏社會之內。

秦起於戎狄之間，擊敗了戎狄而有其地。故兵強力厚，而得統一諸夏。因知戎狄之可畏，故築長城以禦之。凡長城以北當時均突蘭族之據地。

突蘭民族之經濟基礎為草原地之游牧。秦築長城，華夏之農業帝國與突蘭族之游收帝國，此疆彼界，大致劃定。而農業經濟之文化，終不能同化塞外之游收民族。用夏變夷之政策，從此無所施其技。此後吾國二千餘年中邊疆之擾攘，侵略之橫來，實從此起。

漢初，匈奴聲勢已大張。白登之役，高祖僅以身免。

中國自漢武帝以前，西北方面與中國有接觸者，皆突蘭民族。自武帝通西域後，始與伊蘭民族發生關係。西方文化因以相繼輸入中國。

至伊蘭民族之經濟基礎，為沙漠沿邊之青地農業，間雜游牧。其中心為城郭，與華夏之國相似。惟彼此不相接壤，不能建立農業大帝國。故不為華夏患。

以上所言，不過述其大概。年代久遠，其中情形錯綜複雜，或因互相征伐，此興彼滅，民族雖同，名稱屢改。或因東遷西徙，族名雖同，疆域已變。或地名雖同，民族已易。在此短篇中，自不能詳述。

總括言之，自中亞西亞以東至黃海，一片大陸之內，自有史以來，即有華夏、突蘭、伊蘭三個主要的大民族並存。彼此或互相鬥爭，或互相和親。一部分血統互相混合，一部分文化互相交流。以吾國而論，除古代的道德觀念、政治制度、家庭組織（三者即廣義的禮教）仍保持其基本觀念外，其餘如雕刻、繪畫、音樂以至於日常生活所需要的，莫不受突蘭與伊蘭兩民族之影響。

中亞以南則有印度民族，受伊蘭文化之影響亦頗大。

自趙武靈王從突蘭民族輸入胡服騎射以後（單騎則前已有之，此指馬上射箭），中國戰術開一新時代。吾國所著用之褲和靴，實從胡服而來。但胡服騎射，非突蘭民族所發明，乃是從伊蘭民族學來。這兩民族數千年來，彼此為鄰，故伊蘭文化已影響西域迤北諸地。

吾國本席地而坐，現在所用之牀、桌、椅等家具，均於唐代由伊蘭民族從歐洲輸入吾國。耶穌教，即當時所稱景教，亦於唐代自中亞輸入。

農產品方面，現在我們所習知的，如苜蓿、葡萄、胡桃、石榴、胡麻、萆麻、亞麻、黃瓜、豌豆、茉莉、水仙、鳳仙、胡椒、萵苣、無花果等等，均從伊蘭民族輸入。吾國之桃杏，經伊蘭民族輸入歐洲。歐洲之橘，亦由吾國輸入。故德國人至今猶有稱橘子曰中國蘋果者。

自希臘亞力山大東征以後，希臘雕刻、繪畫之影響於伊蘭民族者頗深。由伊蘭民族而傳入北印度，復經佛教之傳播而輸入中國。

佛教首先流行於中亞，由此而傳入中國。佛教入中國之初期，很多的傳教士為中亞之伊蘭民族，而非印度人，印度佛教徒來中國反中國僧人赴印度求學，是後來的事。至中國思想上受佛教文化之影響，為人所共知之事實。

中國文化向西輸出者為製造品（惟鑿井之法亦是從中國輸入西域）。先期為絲綢，後來為磁器、火藥、紙、指南針、印刷術等，均經中亞而達歐洲。西洋人因火藥之爆炸力而聯想到蒸汽的膨漲力。蒸汽機之發明，實基於此。

中國由陶器而進至磁器，可能受西洋玻璃之影響而發明。玻璃也是從中亞輸入中國的。

在中亞的匈奴，因受漢代武力之壓迫，向西侵略。把東歐的德意志野蠻民族大隊的迫向羅馬去，因此羅馬帝國為德意志民族所毀滅。又因中國絲綢之暢銷羅馬，使羅馬生活日趨奢侈，致每年出超甚鉅，為釀成通貨膨漲原因之一。

史稱羅馬之滅亡，通貨膨脹為其主因。後來蒙古帝國之覆滅，亦因從中國學了紙幣政策，濫發紙幣，造成通貨膨漲。

羅馬亡後，經歷史之演變，而成東西兩羅馬帝國。希臘羅馬之學者大量逃往東羅馬首都，君士但丁遂成歐洲學術中心，而歐洲從此入黑暗之中古時代，為期約近千年。

在此漫漫長夜之中，中亞之伊蘭種族日就衰弱，突蘭種族則稱雄全境。其在東境者，先後侵入中華而造成六朝五代時胡人之侵佔中國之半壁山河（遼、金、元、清均為突蘭族之支派）。若中國無揚子江以南之退守地，即有之而若無春秋時代之楚吳越三國在南方吸收並廣播中華文化及六朝時代中原文化之南移，則我中華文化恐將不絕如縷。可見春秋時代之「用夏變夷」與「尊王攘夷」兩大政策實奠定了數千年來中華立國之基礎。後來此項思想與中國文化傳入日本。近百年來，日本一面保存固有文化，一面吸收西洋文化，又同時發起了一個「尊王攘夷」的大運動。由極度的愛國心（民族主義的精神）而建設了一個東亞莫強的新帝國。若日本軍閥不是眼短臂長去偷襲珍珠港，那麼今日的世界當為另一個局勢。

在歐洲方面，於十五世紀中葉（明景泰年間）另一支的突蘭種族（即現在之土耳其）又西進而佔據了君士但丁，東羅馬的學者，又逃回羅馬帝國故鄉。把西歐已失的希臘羅馬學術帶回了原地，於意大利半島正在發展的文藝復興運動很有幫助。

這一支突蘭種族建設了一個突厥（土耳其）帝國，在亞歐兩洲的邊緣，堵絕了歐洲通印度與中國商業孔道。

陸路通商既被梗阻，於是不得不另覓海道以通東亞。當時見解，以為如向西直航，或可達到中國海岸。哥倫布所攜之介紹書係致中國大可汗者。彼之尋獲美洲為一意外之事。十五世紀之末，（明弘治年間）葡人繞道非洲好望角而東達印度。海路通商東亞從此開始。此後歐化東漸，可不經中亞而直接達到印度與中國了。

一世紀後，英國所倡立之東印度公司成立（一六〇〇年明萬歷廿八年），歐洲帝國主義侵入東亞從此開始。此後印度鴉片傾銷中國，釀成十九世紀中葉之中英鴉片戰爭（一八三九年清道光十九年）。割香港，隨之而五口通商。數千年來之中國外患由西北陸路而來，至十九世紀改由東南海道而來了。（俄國因地理關係，其侵略我國，仍由北面之陸路。）

在此時期中國之反應，和趙武靈王改車戰為胡服騎射一樣，把騎射改為火炮洋鎗。但軍制雖改，仍無力抵禦侵略。

於是改革政治制度、教育制度、發展工商業。先秦之用夏變夷政策，自漢代起已變為用夷強夏政策，至今繼續而未替。

張之洞之「中學為體，西學為用」。就是說以夏為體，以夷為用。又可以說以夷之所長，補夏之不足。還有主張「全盤歐化」的人，猶如說澈底夷化，這是做不到的。

用夏變夷，自漢代起，對塞外之游牧民族，已告失效，即在戰國時趙武靈王於戰術方面已開用夷強夏之端，漢武帝通西域以後，夷狄文化經二千餘年之長期不斷的輸入中華，而今已成中外文化混合而成的中華文化。此足以證明中國文化有濃厚的吸收性與適應性。

本文主要參考書：
（一）錢穆《國史大綱》（商務）
（二）方豪《中西交通史》（中華文化事業出版委員會）
（三）W. M. McGovern, The Enriy Empires of Central Asia, University of N. Carolina Press, 1939
（四）趙譯拉鐵摩爾《中國的邊疆》（正中）
（五）向著《中外交通小史》（商務）

宗教與道德

——天生烝民，有物有則，民之秉彝，好是懿德。——《詩經》

——太初有道，道與上帝共，並即是上帝。——《約翰福音》

吾國自周代起，神權觀念已非思想中心。《禮・表記》說：「夏道尊命，事鬼神而遠之。……殷人尊神，率民以事神。……周人尊禮尚施，事鬼神而遠之。」此雖係後世的記載，但於吾國上古神道觀念的演變，可由此略知其梗概。

孔子集堯舜禹湯文武周公道德觀念之大成，法天道以立人道，所以孔子說：「巍巍乎唯天為大，唯堯則之。」又說：「天何言哉，四時行焉，百物生焉，天何言哉。」

孟子說得更明白：「天之高也，星辰之遠也，苟求其故，千歲之日至（冬至與夏至皆稱日至）可坐而致也。」此以日月星辰之運行，循不變之法則，以喻天道之可測而知。又謂「誠者天之道也，思誠者人之道也。」誠是指天道有不變之通則，明此不變之通則，而應用於人，謂之德（人道）。所以他引詩經說：「天生烝民，有物有則，民之秉彝，好是懿德。」孔子以作此詩者為知道。孟子解釋「有物有則」謂「有物必有則」。以明人道亦有不變之通則。故以惻隱、羞惡、辭讓、是非四心為人人所具有之通則，仁義禮智四德即各由此四心而生。故此四德，非由外鑠，而實為我心所固有，亦即天道之所賦予者。性善之說，即本於此。

孔子說：「吾道一以貫之」。論語曾有兩次記載一貫之說。曾子解釋忠恕，以忠恕為人道之則。孔子對子貢解釋謂他的學是一貫的。一切的學，都要循一個通則。因為孔子不多談天道，所以天道與人道的關係沒有像孟子的說得明白。

《中庸》有幾句話，說明孔子學術思想的淵源：

「仲尼祖述堯舜，憲章文武，上律天時，下襲水土，譬如天地之無不持載，無不覆幬。譬如四時之錯行，如日月之代明。萬物並育而不相害，道並行而不相悖。小德川流，大德敦化，此天地之所以為大也。」

大抵先秦文字，以近世眼光看來，如隔簾觀物，多少有點含糊的地方。但在這幾句話裡，儒家的道德觀念，本於歷史的經驗與天道兩者，則甚明白。

但孔子亦不否認神之存在。如「祭如在，祭神如神在。」如「敬鬼神而遠之」。對於生死人鬼的關係，孔子說「未能事人，焉能事鬼。……未知生，焉知死。」又說「朝聞道，夕死可矣。」

從這幾句簡單的話裡看，孔子對於鬼神及生死之態度已很明白了。

儒家對於神，只承認其為天道的一部分，並非天道之主宰。祭神祀鬼，不過盡人道而已，所謂「慎終追遠」是也。

道家對於天道之應用於人生的見解雖與儒家不同，其法天道而立人道之觀念則同。老子釋道謂：「有物混成，先天地生，寂兮寥兮，獨立不改，周行而不殆，可以為天下母。」應用於人道，則「生而不有，為而不恃，功成而弗居。」生之為之，皆循道而行，人有何功可居。儒道兩家為我國思想之主幹。故我們可以說吾國道德之出發點為天道而非神權。

墨家之言「天志」亦非指上帝的意旨。其言「兼愛」謂「文王之兼愛天下之博大也，譬之日月兼照天下之無有私也。」此亦法天道而明人道也。其言「明鬼」，不過明傳統之鬼神觀念，而並無創見。

於此可見我國之天道與人道之關係，與基督教之神道與人道之關係有根本不同之點存。此所以基督教以獨一無二之真神為道德之製定者，以及三位一體之訓條，耶穌之愛上帝高於一切的誥語，不能為中國思想界所接受，而言出病除的奇蹟，尤不能為學者所相信。景教於唐代流入中國，曾盛行一時，天主教於明代傳入中國，勢傾朝廷，而終不能在中國思想界生根者，其理由在此。

佛教以心的覺悟來識宇宙與人生的究竟，是以心為真理的主宰。與吾國之講天道以明人道之觀念容易溝通。故能於吾國思想界生大影響，而產生宋儒之理學。儒家之入世觀念與佛家之出世觀念雖始終不能融和，但能各行其道，彼此互不侵犯。

前面已說過，我國悠遠的歷史是「敬鬼神而遠之」的。因此鬼神在天人關係的思想系統裡只佔很不重要的地位。於是在無意中聽各式各樣的鬼神自由存在。積之既久，到了後代，從主死的閻王爺到主生的送子娘娘，從城裡的城隍廟到鄉下的土地堂，其間不知有多少菩薩。

「子不語怪力亂神」，但怪與神不斷在民間生長出來。

佛教的教義，本來不注意神道的。但代代相傳，夾帶了許多婆羅門教中的鬼神。他們輸入中國以後，和中國固有的各種稀奇古怪的鬼神結成聯合陣線。鬧成了神即菩薩，菩薩即神，交互通稱的怪現象。實則菩薩為梵文菩提薩埵的簡稱，譯言大智慧者。

在通俗的觀念裡，佛稱菩薩，城隍爺稱城隍菩薩，土地公稱土地菩薩。

在學術界裡，佛學與儒家道家之宇宙與人生觀聯合而起融化作用。在通俗裡佛學夾帶來的印度鬼神與中國鬼神聯合起來成了一團糟的多神教。

儘管學術界裡相信古之立德立言立功的三不朽。絕大多數的民眾相信神或菩薩可以保護他們。只要做點好事，下世投胎，可以希望投到景況較好的家庭去。

大多數民眾不想死後上天堂，只想來世生活比今世舒服一些。中國人多數抱現世觀，不想在這個世界以外別求世界。故耶穌所謂天國，中國人是不注意的。

耶穌的獨一無二的上帝，中國人本來也可以和他神同時崇拜的，至上帝是否為天地之創造者與道德的制定者儘可不管，但是《舊約》裡說「我是一個妒忌的上帝」，拜了他便不許拜其他的偶像。中國大多數的民眾就會說，信者有，不信者無。你拜你的神，我拜我的神。萬物並育而不相害，道並行而不相悖，神與神何必打架呢？

因相信道並行而不相悖，故宗教自由為中國人民全體所共信，所以中國自古無宗教戰爭。

諸宗教互相容忍是中國的美德。故景教、火祆（從示從天）教、摩尼教、猶太教、天主教、回教和近世的耶穌新教，雖不能影響中國之天道思想，但能與之相安並存。但是民眾崇拜各式各樣的多神，是一個社會問題。

天道既為萬物之主宰，故視鬼神亦為天道中所包含。因此鬼神雖非道德之制定者，自不能不為道德之擁護者。墨家之明鬼，儒家之敬神，以其有益於世道人心，俗語所謂勸人為善是也。

當然，只要教育普及，科學思想發達，各式各樣的多神，在人民腦海裡自然會逐漸消滅。打城隍廟，毀土地堂，不但不能達到目的，而且以社會的眼光看來，是無益而有害的。因為你能打破廟裡的偶像，卻不能消滅心裡的偶像，西洋近世對傳統的宗教觀念，正因科學及其他種種學術之發達而趨向擷精義而去傳說。吾國之多神，亦因教育之發展而退縮。

戰後作者赴英參加國際學術會議，有一位英國學者告訴我，他在幼年時代看見一個氣球將要上升，他要爬上去，想逃避地獄，因為他在教堂裡聽到可怕的地獄，他嚇壞了。我問他現在還相信天堂地獄否？他說不。何以故？他回答說，牛津大學的教育。

我問他現在的信仰是怎樣？他說。他相信上帝並相信愛隣如己的高尚道德。其餘《聖經》裡的話，能信則信之，不能則作為古代的一種傳說看。

基督教本出於猶太教。猶太民族在耶穌降生以前，數千年來信奉一神，並信猶太民族為上帝特別眷顧之民族，耶穌將此一神主義擴充至全人類。一個上帝是全世界人民共同的主宰。上帝不只愛猶太人，而且愛全人類。凡人都要愛上帝高於一切，並愛隣人如自己一樣。以上耶穌之兩條誡，加上《舊約》裡摩西的十條誡，為基督教道德之基礎。後來成為西洋道德觀念之出發點。

希臘亦和中國一樣，是相信多神的。但希臘人同時也相信神的奇蹟，與耶穌所宣示的奇蹟容易湊合。此於接受他所宣傳的一神主義有相當的幫助。

羅馬人也相信多神的。他們抵抗耶穌教相當猛烈。據說當保羅彼德兩信徒在羅馬傳教的時候，剛碰到那次羅馬幾全被毀滅的大火。羅馬皇尼羅說是基督徒放的火。於是大捕基督徒，把他們餵獅子吃。此是耶穌降生後六十五年的事。

此後二三百年間，基督教徒常受迫害之苦。但迫害愈甚，信徒之增加亦愈多。至四世紀初，殘酷的迫害方由羅馬皇下令禁止。五世紀以降，羅馬諸皇便都為基督教徒了。此後經數百年長期的在經院裡和中古世紀大學裡，把基督教理與希臘哲學湊合調和，遂與希臘羅馬文化結不解緣，西洋文化遂成為基督教文化。我們現在要特別注意和研究基督教的原因就在此。

中國之講天道，與近世科學之講天然律頗有相似之處。大自然循道而行，亦即循天然律而行。基督教則主張大自然之運行是本著上帝意旨（神律）的。天地萬物為上帝所造，道德、為上帝所製定。

古希臘有羅格斯（Logos）一字，包含中國之道、言、名三義，為希臘哲學科學之基礎，而中國則以此為道德之基礎。《新約》、《約翰福音》第一章便把羅格斯一字引用。英譯為言。英譯的這一章裡說：「太初有言，言與上帝共。言即是上帝，他於太初即與上帝共，萬物經他而造成，設沒有他，所有萬物，就造不出來。」

如以「羅格斯」包含道、言、名三義為不謬，又根據《約翰福音》「羅格斯」與上帝共，並即是上帝。則中國之道可與耶教的上帝共，亦即是上帝。道由言與名而達，即吾國之所謂文以載道，是則名與言亦與上帝共，並即是上帝。如此解釋在宗教家則視道為上帝所吸收。在中國思想界則視上帝為道所吸收。

總之，一神教之經驗，在猶太人已數千年。在歐洲人已將近二千年，在回教人亦一千數百年。（回教與基督教皆出於猶太教，均為一神教。故兩者之教義甚多相似處。）道之經驗在中國已三千多年。信仰本由經驗而來，一民族之信仰，不能於一時改變。

至個人之信仰，則可各從其所好，其目的在得到安慰與希望。此即所謂信教自由。吾國不期然而然者已經長久了。西洋經長期宗教戰爭之苦，自十八世紀以後，政教分離，信仰自由始成為國家的憲章。

最後，我們要知道，求個人精神的不朽，要從犧牲自己服務人群那條路上走。如不能犧牲自己為人群奮鬥，像孔子的學不厭，誨人不倦的精神，耶穌的捨身救世的精神，無論你相信那一種宗教，講那一種道，都像駱駝想穿過針眼一樣，永遠進不了不朽之門的。

法律與人權

民為貴，社稷次之，君為輕。——孟子

中華民國人民……在法律上一律平等。——憲法第七條

人民有言論……信仰宗教……集會結社……之自由。——憲法第十一至第十四條

在前篇討論宗教與道德問題時，曾指出吾國之道德觀念出於天道，基督教之道德觀念則根據神權。

我們現在討論法律與人權問題仍舊要從道開始。

禮與法本同源於道，到先秦時期，始分為禮治與法治兩派。

儒家講禮治，以「天生烝民，有物有則」，庶民則秉天賦而具美德。故曰「民之秉彝，好是懿德。」所以孔子說「為政以德，譬如北辰，居其所而眾星拱之。」孟子說「民為貴，社稷次之，君為輕。」儒家以民為本，故主德政而重禮教。

法家講法治，以「道者萬物之始，是非之紀，明君守始以知萬物之源，守紀以知善敗之端。」（《韓非子‧主道篇》）紀就是則，其意亦即有物必有則。本此則而立法，由法以取善去敗。

儒家由道而立德，由德而制禮，由禮而施政。法家由道而取紀，由紀而立法，由法而治國。法家由法以求社會之安定，而不顧個人在社會之地位。這是承認法律是外鑠的，是由外來的威權而強制的。這是歐洲中古時代的法律觀念。[19]儒家由德而達社會之安定，而尊個人之德性。這是說個人具有道德的價值，在社會上有道德的地位。《中庸》說，尊德性而道問學。宋儒陸象山講學，常說要做堂堂的一個人，就是從尊德性而來的。承認尊個人之德性，即尊重個人有道德的價值。這與歐洲十八十九兩世紀之法理哲學與政治哲學相合。[20]

法家主性惡，以善者偽也（人為）。儒家主性善，以惡者習也（性相近，習相遠）。故儒家以禮教養其善，法家以法紀禁其惡。

禮治之要點，在以內在德性為基礎，養成良好的習俗，而不在以外在的威權，強制以規律。以移風易俗，莫大於樂，故禮樂並稱。以辭讓之心為禮之端，故不以法律保障物

19 Roscoe Pound: Toward A New Jus Gentium, Ideological Differences & World Order, F.S.C. Northrop pp.5-6

20 Ibid, p.8

權。以仁義定人與人之關係，故不以法律保障人權。

法治在我國大抵屬刑法。自戰國時李悝製《法經》六篇，刑法始有成文。迨蕭何《九章律》包括戶婚之事，實質民法始見於法典。歷代以降，次第演變。戶婚、田土、錢債各門，自隋唐以後，規定漸詳。但仍民刑不分，故無形式的民法可言。[21] 唐代制律，禮教觀念，倫常制度，參入唐律。刑法遂亦為禮教倫常之維護者。[22] 蓋自漢武帝表章六經以來，儒家思想已成吾國治國之基本原則，法律自不能不受其影響。

刑法雖因維持社會安全需要而存在，並能補禮治之不足，但整個社會仍為禮治所籠罩。一般人民亦多以「打官司」為必不得已之舉，士大夫尤以涉訟為可恥。「莫打官司」之石碑，在大陸內地至今猶能見之於通衢。吾家宗祠，對族人有涉訟之禁。必須先經族中調解無效，方得訴諸官廳。是乃孔子「聽訟吾猶人也，必也使無訟乎。」之遺意。

故根據西洋法理所訂之新民法，人民對之漠不關心，且不免仍抱往日「銀子多，官司贏」之懼。能免對簿公庭，終以免去為是。至通商口岸或商業發達之大城市，關係個人之財產與權利較鉅，其情形自不相同。

至對於新訂之刑法，人民之態度與對舊刑法同。你犯了法，就會捉將官裡去。罰款、

---

21 蔡著《民法總則》（大東）胡著《中國刑法總論》（大東）

22 徐道隣〈中國法律制度〉（《中國文化論集》）中國新聞出版公司

徒刑或死刑，按犯罪輕重而定。人民對此已有二千多年之習慣，故視若固然。至刑罰較往日或輕或重，則非一般人民所注意，你犯了罪，你就倒霉。自作自受，不過不要冤枉罷了。

法律之基本原則和天道一樣，有普遍性，即是說有一貫的通則，也可以說有通理（宋儒說宇宙萬物只有一個理）。法律講人與人的關係，雖有通理性，但同時還有歷史性，並地方性與時間性。後者三種特殊性，即所謂經驗。從現今社會學者的眼光來看法律，經驗是由通理而發展，通理是由經驗而證明的。[23]

俗語說「王親犯法，庶民同罪。」是說法律的普遍性。這普遍性是我國法家從古就知道而應用的。韓非子以道為是非之紀，即指此。非待羅馬法之輸入而始知之。因為法律沒有普遍性便不成其為法律。有普遍性之通理而不適合於歷史性，地方性或時間性，這種法律就難實施。

羅馬法的普遍性起源於希臘哲學。古希臘哲學家鑑於希臘市國內部有少數統治者與平民之爭，市國與市國之間也爭鬥不已。想有一個普遍性之通則，以為共同遵守的是非標準。

羅馬的奮法律本限於羅馬市民及與羅馬有條約關係的其他市民。其後希臘商人來羅馬及羅馬人與他國商人接觸，需要一種寬大的法律來處理外國人。羅馬法律家受希臘哲學者

---

23 Roscoe Pound: Toward A New Jus Gentium, Ideological Differences & World Order, F.S.C. Northrop, p.2

之影響，所以後來羅馬共和國法律中採取了普遍性的通理而成為「萬民法」。[24]

這是羅馬法具有普遍性的起源。

吾國當春秋之世，諸夏與夷狄共處，互相征伐，想以文化來統一。諸夏之間，大致已有普遍性之禮教。故採「夷狄而行諸夏禮者則諸夏之」之政策。行之數百年，終於為秦奠定了大一統帝國的基礎。北後雖一時以法治天下，但不久仍回復禮治。故禮者，在原則上實吾國之「萬民法」也。但中國之禮治，行之垂二千年。到五口通商時，碰到了法治的外國人。禮治對那些外國人就行不通。治外法權之設，這是一個主要原因。此後吾國法律之改訂，好像羅馬人碰到希臘人一樣是受外來的影響的。

羅馬法之原理與吾國以禮治天下之根本思想，本有一貫的道理存乎其間，故改革不甚困難。宋儒說「東海西海，此心此理。」這句話是不錯的。

以近年來吾國根據西洋法理，斟酌國情所訂之民刑兩法而論，刑法較舊刑律大為進步。民法雖係新創，但並無重大的扞格難行之處。兩法與禮教亦均無刺謬，且可以說是禮教的成文化。經若干年施行結果，已知足以保障社會之安定，個人生命財產之安全。其相反之因素，不在法律本身，而在社會動盪時期，有各種特殊勢力作祟。且法律本身可隨時

24 Ibid, p.3

代而改進，即有缺點，經若干時期後，以經驗所得，並本於理性而加以修改，則自可漸趨完善。

現行之民刑兩法，自施行以來，已著相當成效。此後問題在於教育。古之禮教，禮與教並稱而成一專名，其中確有深意。因禮而無教，則禮治失其效。在前清時期，以作者所經驗，在省城則有木鐸老人，擎木鐸，走街坊。口念：「奉憲傳諭：孝順父母，友愛兄弟，敬重長者，和睦隣里。」剝、剝、剝……。鄉間則有講鄉約的巡行村落，講孝弟忠信的故事。兒童環聚聽講，津津有味。還有戲場、祖廟、宗祠、都據禮說教，勸人為善。「忠孝傳家久，詩書繼澤長」的聯語是好多家庭裡採用的。至於在家塾裡，講仁說義，更不必提了。

入民國以後，此種普遍有效的社會教育，因鼎革而廢棄，禮無教，禮遂失效。法無教，怎能使人民知其意而自動守法呢！

現在大學法學院之注重點在養成法律家，這是不夠的。我們如要法律與時代並進，應兼養成法學家。法學家之學問，應有廣闊之基礎，對中西歷史、哲學、社會學及普通科學等，都應該有相當的素養。

自前清變法以來，遭遇困難最大的是憲法問題。因其中主要者為政治問題，故不易解決。在前清則有君權與民權之爭，君主立憲與民主立憲之爭。在民國則有政府與議會權限之爭，中央集權與地方分權之爭，府權與院權之爭。兵聯禍結，連年不休。王寵惠氏在民國臨時約法引言中有「憲法者，不祥之物也。」之語，真是不祥啊。

憲法這個觀念和羅馬「萬民法」的基礎觀念一樣，是導源於古希臘的。亞利士多德分法律為兩種。一為規定國家機關的組織及其權限。二為根據前項法律而規定各機關施行前項法律的手續。前者可視為憲法，後者則為普通法律。但古希臘憲法和現代英國一樣是不成文的。[25]

吾國亦有相似的憲法觀念，即所謂祖宗成法。這祖宗所立的法，繼承的子孫帝王是不敢違犯的。當宋朝王安石變法的時候，反對新法的人們，以祖宗成法、天變、人言三者為口實。王安石曾作驚人之語稱：「祖宗不足法，天變不足畏，人言不足惜。」舉國譁然。又如由歷代演變至明的六部九卿，中書行省等制度（清朝因之）亦具有憲法的意義。這種制度經取捨以後，已分別納入中華民國憲法之內而成文化了。考試院出於禮部，監察院出於都察院與御史臺，司法院出於大理寺與刑部，都與舊制度有淵源。國父五權憲法，即採取中國之古法而容納於現代之新法而成的。

[25] 薩孟武《憲法提要》（大東）九頁

故現今所施行的憲法，只要政府與人民共同信守，沒有不可以治國的道理。治外法權既去，只要防止法外治權發生就好了。

思想與科學

知是行的主意，行是知的功夫。——王陽明

經驗由通理而發展，通理由經驗而證明。——經驗派哲學

像前面《宗教與道德》、《法律與人權》兩篇一樣，這一篇的出發點也是一個道字。這道字包括天道與人道，人道由天道而來，天道之內存於人的叫德，這已在前兩篇裡面說過了。

天道是有物有則的，這物字，照中國思想習慣看來，包括兩義，一是物的本身，二是物的作用（動作與應用）。前者稱物，後者稱事，我們在習慣裡，物與事常並稱，叫做事物。

但習慣裡我們稱物的時候，好多地方是指事，吾國知識的起源，是從「物」而得「知」，即所謂「格物致知」，從《中庸》裡的格物致知，誠意正心修身一套看來，這物

自然指事。但既然稱物，就自然而然會想到物的本身，如朱子講格物致知，他看見山上的蚌殼，他說這些山以前必定是海，又群山起伏如浪，他說以前這許多山恐怕是流動的，後來才凝結起來的，他說海底為什麼會變成山，流動的為什麼凝結起來，其中必有道理。什麼道理呢？他就停止推考了。

王陽明講格物致知，看見庭前漪漪的綠竹，想竹中必有道理，他沉思了七天，想不出道理來，他病了，嘆口氣道，這「理」在我心裡罷。這是從物又回到心去了。

從這裡我們可以知道，中國學者對於物的本身內隱存的理，也有相當的興趣，不過為道德的宇宙觀所掩，不能繼續向物理方向發展，讓我們在下面再說吧。

我國之言德，是指天賦內存於心的本性，發於行為則稱品行，近來術語，則稱道德，意即指德循道而見於行為者。理之現於事物者則稱道理，意即指事物循道而內存的條理。天、天道、天理、道、理、道理這許多名辭，有時同名而異義，有時同義而異名。究其極，都是相通的，天是一切道理的根源，道與理是天所示的通則，德是道之在人心者。以近世語來說，天是大自然，道與理為大自然之通則，在物為天然律，物理學之名，即本於此。在人為倫理，倫理學之名本於此。在思想為論理，音譯為邏輯，出於希臘語而英譯，道是理之根源，理是道的法則，道的包含較理為廣而較含混。（老子之道，「先天地生」，則道包含天，其義更廣。）理的範圍較道為狹，而較著實。

希臘人之講「羅格斯」，以最廣義的說，與老氏之道相彷彿，是混然先天而生的，所以〈約翰福音〉把道視為上帝，我們在前兩篇裡已說過了。以狹義來說，是充滿宇宙的理，英譯為「言」，這「言」字是用大體字寫的，表示有特殊的意義。這「言」是包括「理」的。就是說，宇宙萬物都有條理，也就是「有物必有則」。

希臘哲學的根本思想，要從萬事萬物找出一個普遍的條理來，我們可叫它為通理，既稱曰理，本來一定是要通的（一貫的），我們稱通理，使更明白一點罷了。

古希臘哲人蘇格拉底用辯證法，以通理為根據，反覆辯駁，使得到一個合理的結論，我們讀柏拉圖所載蘇氏辯論，覺得字義明白，點滴不肯放鬆，析理精透，絲毫不容含糊。幾十年前，歐美學人都要讀希臘文。行之數百年，養成歐美人士思想精密的習慣。這是我國人應該注意的。

後來古希臘哲人亞利士多德更進一步，要從思想裡找出通理（即條理或通律）來，就是我們現在所知道的亞利士多德「邏輯」。我國儒家在先秦時代，已注重「思」。孔子說「學而不思則罔」。《中庸》裡說：「審問之，慎思之，明辨之」。《大學》裡說「安而後能慮，慮而後能得」。都很注重「思」，但向不從思想本身去找條理。

雖然西洋邏輯的發展，後來因為過重思想的條理，有時與事實和人生脫離，但有條理的思想之養成，邏輯是有幫助的。

古希臘的宇宙觀有兩個，一個是理性的，我們前已說過，還有一個是官覺的，這官覺的宇宙，就是目之所能視，指之所能觸，或耳之所能聞的宇宙萬物。希臘哲學家，把通理應用於這官覺的宇宙上，亞利士多德即其代表。

亞利士多德和好多古希臘學人一樣，對於物質世界很有興趣，植物、動物、機械都在他研究中，他有三種著作講動物學，為系統的動物研究之創始者，他研究地中海的魚，作魚的解剖與分類。他的物理學講物體之運行，空間之意義，物體之性質，生物之蛻變。

他的工作，是把通理應用於物質，並從物質中抽出通則來。這抽出來的通則在邏輯裡為抽象（Abstraction即抽出來的意義），把抽象的觀念普遍應用於其他相似的現象，在邏輯裡稱概括（Generalisation即普遍應用的意義）。抽象與概括兩個觀念及名稱為古希臘之貢獻，加上近代科學所用的試驗，三者相聯而成近世科學方法。此外另一個因素是數學，在古希臘亦有其基礎，尤克列之幾何學即其例。

「抽象」與「概括」兩個邏輯中的方法，吾國雖無此稱謂，但其應用是知道的，如孟子從人人所具有的惻隱之心抽出仁來，從人人所具有的羞惡之心抽出義來，仁義是抽象的名詞，概括起來，凡人都應該行仁義，孔子的門人們問仁孝，他答覆的話，各個不同，就是以仁孝兩個概念概括各種不同的仁孝行為。

惟對於物質，我們與希臘就不同了。吾國重人道而不重物理，格物之主旨在格事，知天道，所以為人道，非為物理，吾國的宇宙觀，是道德的宇宙觀，不注意物質的宇宙。是以中國能產生孔孟而不能產生亞利士多德。

吾國之思想任自然之邏輯而不講邏輯學，知應用抽象與概括於人道，而不知應用於物理，故不能於多種精妙的製造及發明中抽出通則來，致使他們各個經驗獨立而不相通，例如火藥之發明，至火藥本身而止。不知從火藥中抽出膨脹力之觀念而通用於蒸汽。

這種事實，凡學哲學與自然科學的人們都能了解。故在我國，科學的發達不過是一個努力與時間問題。至於我國，本來有沒有科學不是一個重要問題。佛學不是從印度來的嗎？吾國的繪畫雕刻不是受希臘影響的嗎？好多種音樂不是從西域來的嗎？

我國文化本來是固有與外來兩者融合而成的。這種偉大的吸收性，是中國文化具有永久活力的表現，如健康的人一樣，胃口強而消化力大。這是我們足以自豪的。

現在我們利用外國的應用科學來增加農工業的生產，已有相當經驗和效果，利用社會科學來推行各種的統計和經濟與社會的調查，及考古歷史語言的科學化，亦有相當經驗與成績，自然科學與數學，在大學裡及各種科學學會裡已研究好多年了，亦有相當成績，而考古與地質兩門尤有特殊貢獻。自然、應用及社會科學，將來都會變成中國學問，像佛學、音樂、雕刻、椅子、胡琴、番薯、葡萄、苜蓿等一樣，那裡還會覺得是從外國輸入的呢？

但科學愈發達，則生產愈增加，發明與製造亦愈多，而影響思想與社會者亦愈大。於是我們不可不注意思想問題了。

我們談思想問題，就會談到邏輯，蓋邏輯之於思想，猶文法之於文字。

據美國經驗派哲學家（杜威博士即其代表）的意見，西洋的邏輯，經德國的康德而發展至絕對觀念，通理用於人生有絕對性。換一句話說，就是真理是絕對的。至黑智兒則以邏輯為唯心的辯證法，合於辯證法則的就是真理。（按馬克斯的歷史的唯物辯證法就出於黑智兒的唯心辯證法，不過以唯物代唯心罷了。）

經驗派的哲學認真理是相對的，要從經驗來證明其真偽。在未得經驗證明以前，原理不過是一種假設，由經驗證實後方成通律。[26]

經驗哲學派的以上論點，是依據自然科學的方法而成立的，所謂物的通理也不過是一種「假設」，要從經驗來證實，康德的絕對論與黑智兒的辯證法，是自師其智，與人生經驗脫離。杜威引培根的話說：這種自師其智的唯心哲學，他的邏輯，好像蜘蛛從自己肚裡抽絲出來結成一個蛛網一樣，不過是個陷阱。

杜威又說：百餘年來，歐洲哲學的糾紛，是以這種邏輯所產生的知識論為中心。

26 John Dewey: Reconstruction in Philosophy

中國儒家，對於知識，是主張內外一貫的。如《中庸》所說的「博學之，慎思之，明辨之，篤行之。」，不但是指內外一貫，並且指示知與行是一貫的。

《大學》裡的格物、致知、誠意、正心、修身、齊家、治國、平天下，也是指內外一貫，知行一貫。

孔子說：「學而不思則罔，思而不學則殆。」，也是指內外一貫的。

所以儒家的邏輯，近乎經驗派的邏輯，與唯心派的邏輯則距離甚遠。

《論語》裡說「子絕四、毋意、毋必、毋固、毋我。」這可以表明孔子不相信有「絕對」的理。理須與經驗溝通，方成真理。

所以經驗派的哲學與邏輯，和我國學者的胃口是很適合的，儒家與經驗派的哲學一樣，既不相信真理本身有絕對性，亦不相信思想可與經驗脫離。

我們上面已說過，邏輯之於思想，猶文法之於文字。文法是從文字裡抽出來的通則，文字產生文法，文法不能產生文字。邏輯是從思想裡抽出來的通則，思想產生邏輯，邏輯不能產生思想。不能作文的人讀文法是無用的，不過文法可以幫助作文，邏輯可以幫助思想，古希臘人之思想精密，當另有原因在，邏輯不過從希臘思想抽出來的通律，但既抽出來以後，這通則於思想有幫助的。

古希臘精密的思想，現在已包含在歐洲幾個進步國家的文字裡，只要精通一個歐洲進步國家的文字，思想就會漸趨精密，若要知道經驗派哲學的邏輯，可讀杜威的「我們怎樣想」（How We Think）一書好了。

結論

吾國先秦思想與古希臘思想，在基本上本來有不少相似之點。自希羅文化為基督文化征服後，千年之中，希羅文化為超自然的天國思想所籠罩；而吾國文化仍本先秦之自然主義（天），人文主義（人），理性主義（道）延綿前進。雖於唐代佛教盛行之時，吾國思想的主流未嘗改道。至於景教（基督教的一派）回教及其他外來之教，雖皈依有人，而其信仰均在吾國思想主流以外。明清之間，耶穌教士傳播教義與科學，頗用一番苦工。惟吾國人取其科學而遺其神學。

西洋自文藝復興與宗教改革兩運動以後，希羅文化漸漸脫離超自然主義而趨向獨立。於希臘之自然主義理性主義，加上了一層試驗工作，遂產生近世所知的自然科學。

以試驗為基礎的自然科學於十九世紀與資本主義攜手而產生科學的技術。這技術經百年來不斷的進步，至今成為世界生產激急增加的大關鍵。目前美國聲稱世界的「技術援助」，即指此。

超自然之天國思想，受希臘人文主義的影響，於十八世紀發展為自由平等博愛的人國思想。自由出於希臘的人文主義（包含個性主義），博愛出於耶教的愛隣如己，平等出於耶教之凡人不分階級種族，都是上帝的兒子。

只要在人國裡建天國，那些話我國人都能懂。講到博愛，吾國不是主張以仁政治國的嗎？講到平等，吾國古訓裡不曾說過「民吾同胞，物吾與焉。」的嗎？講到自由，吾國政治思想中，道家之「無為而治」的空氣不是很濃厚的嗎？講到理想的人國，吾國不是以大同為政治極則的嗎？但是說到天國，就與吾國「敬鬼神而遠之」的傳統思想不易調和了。

然而這天國思想，對於西洋文化的發展有絕大的關係。吾國人如不瞭解這一點，對於近世西洋文化是不易懂得的。

中古世紀是基督教文化與希羅文化調和時代，其具體功績為一方面同化了歐洲諸野蠻民族，另一方面保存了希羅文化。自十五世紀文藝復興起，四百餘年來，基督教文化與希羅文化由調和而衝突，由衝突而分裂，由分裂而鬥爭，由鬥爭而各自發展，由各自發展而交互影響，由交互影響而生新的變化。西洋文化，五花八門，花樣甚多，此為一重大原因。

即以基督教本身而論，初分東西兩羅馬教會。（東則今稱希臘正教，西則今稱羅馬公教。）此關係歐洲歷史之演變者甚大。即至近代，百年來以俄國為首之東歐集團，屬於東方教會。以德國為首之中歐集團，以英法為首之西歐集團，均屬於西方教會。西羅馬教會雖復分舊教（俗稱天主教）新教（俗稱耶穌教），但均屬西方教會。新教則又分若干大派與甚多支派。但不同之間，仍有共同之點存在。

上年（一九五四）各國新教諸派系，為應付極權政治之危險，在美國伊文斯登集會，討論各派系是否有統一之可能。會議間各派對於教義，見解分歧。其趨勢為只可彼此聯絡，無法統一。但會期總結時，大家又覺得在不同之間，到底大致還是相同的。

又以希臘人文主義而論，其所根據的本為個性主義。個人之智力美感與體力積極的發展，為人生最高目的。

古希臘為各個獨立的市邦所集成。知識的交流，商業的往來，為市邦的中心活動。蘇格拉底，亞利士多德即在此環境中講學，故以慎思明辨之理知設教。以利個人在知識與政治上的活動。當時地中海及其沿海各地為古希臘人與他國人知識與商業交流之區。故古希臘之中心生活，為流動的商業與航海生活。此與吾國先秦之四週環以農田之城國，以及陸路之商業交通相較，其環境的影響自大有不同。孔孟即在此環境中講學。故以君臣父子兄弟夫婦朋友之人倫設教，以維繫社會長久的治安。且古希臘之東南沿海各地，其文化較古希臘初期文化為高。此於希臘智力之發展很有幫助。而華夏文化不僅不能得到四境蠻夷之貢獻，且時有受摧毀之虞。此所以孔子慨乎有「微管仲，吾其披髮左衽矣。」之嘆。故在先秦時代不得不求社會穩定。以保文化之生存。古希臘生活重個人的活動，先秦生活重社會的穩定，實各本時勢之需要而定。此中西古時不同之點，演至後世，吾國與西歐人文主義之涵義，就因此有差別了。

西歐的人文主義因本於古希臘，故個性主義之彩色甚濃。此個性主義滲入西羅馬教會而產生基督新教。新教之派別眾多，其原因亦在此。人文主義是人國思想對天國思想而言。中國的文化，因無天國思想存在，故自始即屬於人文主義的。我們現在所稱人文主義是以後從西洋翻譯來的，而且我國的人文主義不以個人著眼而以人群著眼，這是我們應該注意的。

我們上面已經說過，天國思想與人國思想對照，為西洋文化成複雜性的一個重大原因。其另一原因，即為個性主義的發展。而歐人喜以自己所見到的作主張，不願人云亦云，亦不顧他人作反對論調。他們主張言論自由，即以此。

在人國裡建天國，或許可以放棄神造宇宙的觀念，但是仍要一種宇宙觀的。

牛頓以後，產生了機械的宇宙觀。達爾文以後，產生了生物的宇宙觀。愛因斯坦以後，產生了相對論的宇宙觀。無論以科學為根據，或以神權為根據，凡宇宙觀都是人們對於宇宙的一種看法。根據不同的看法，就會產生不同的人生觀和不同的政治與社會思想。所以近百年來，西洋產生了很多不同的學說，互相競爭。

吾國在先秦時代，因為各種學說相互競爭，養成了彼此容忍的美德。「道並行而不相悖，萬物並育而不相害」，就是說彼此要容忍反對派的意見。二千餘年來，除秦代短時期外，大致能保持這優良傳統。

歐洲為神造宇宙論所籠罩的時候，凡反神造論的言論都不許存在。在十八世紀遂起了打倒神造論運動。至十九世紀，因各種學說並存互競，造成了「寬容的民主主義」。故近世談到民主主義，對於容許反對黨及反對言論的存在，是普遍公認的了。與此相違的就不是民主。所以現在共產國家所稱的民主，就不是民主，因為他們不許反對黨和反對言論存在。

在西方文化裡有兩個對照的問題永久存在，而且是很重要的。第一個是現世與來世對照，即人國與天國對照。第二是現實與理想對照。第一問題對於抱現世主義，以立德立言立功為不朽的我國人，影響是不大的。我們把宇宙的責任放在人身上，而不放在上帝身上。其第二問題為我國所同然，惟其距離不若歐西之遠。因為不抱天國思想的人，其理想與現實不會像天國與人國相距之遠。雖然如此，我們想把現實與理想（如小康與大同）的距離縮短，仍是很費力的。

吾人目前講學問，無論本國的或西方的，在有意或無意中，都在做一番中西比較功夫。前者以本國為主，把西方的拿來做比較。後者以西方為主，把本國的拿來做此較。講中而不講西，終覺孤立。講西而不講中，終覺扞格。能學兼中西，方知吾道不孤。

輯三：懷故人

中山先生之逝世

出師未捷身先死，長使英雄淚滿襟。

此為杜甫詠諸葛武侯之句，宋宗澤元帥假以自輓者也。如果拿這兩句詩來描寫中山先生之死，真是再恰當沒有了。這位偉大的領袖，致力國民革命達四十年之久，不幸在國家建設正需要他的時候，死神就把他攫走了。

民國十四年（一九二五年）春天，孫先生因為宵旰勤勞的結果，幾個月來身體一直不怎麼好。他在容許共產黨參加國民黨以後，更採取了進一步的行動。他鑒於中國仍舊陷於分裂，同時鑒於只有團結才能產生力量，乃毅然應北洋軍閥之邀，離粵北上，到北京討論統一國家的計畫。北上途中，他曾繞道訪問日本，希望說服日本朝野，使他們相信強大統一的中國是對日本有利的。到達天津時，他竟病倒了。我到天津謁見孫先生及夫人並報告北京政情後，不日返京。過了幾天，大家把他從天津護送到北京，我赴車站往迎。猛地裡從車上跳下來一位老友湖北劉麻哥，抓住了我的領口，喝道「你好，你們養成那麼多的共產黨員禍國殃民」。我說：「麻哥，你胡說。」他笑道：「小心，共產黨都是壞東西啦。」先生到北京後病勢仍是很重，無法討論統一計畫，且一直臥床不能起身。執政段祺瑞托稱足疾亦未往謁。北京協和醫院的醫師對先生的病均告束手，胡適之先生推薦了一位中醫陸仲安。但是孫先生不願服中藥。他說，他本身是醫生，他知道現代醫藥束手時，中醫的確有時也能治好疑難的病症。他說：「一隻沒有裝羅盤的船也可能到達目的地，而一隻裝了羅盤的船有時反而不能到達。但是我寧願利用科學儀器來航行。」朋友仍舊一再勸他吃點中藥，他不忍過於拂逆朋友的好意，最後終於同意了。但是這隻沒裝羅盤的船卻始終沒有到達彼岸。

孫先生自協和醫院移住顧少川（維鈞）寓。顧寓寬敞宏麗，建於十七世紀，原為著名美人陳圓圓的故居。陳為明將吳三桂之妻，據說吳三桂為了從闖王李自成手中搶救陳圓圓，不惜叛明降清，並引清兵入關。

民國十四年三月十二日早晨，行轅顧問馬素打電話來通知我，孫先生已入彌留狀態。我連忙趕到他的臨時寓所。我進他臥室時，孫先生已經不能說話。在我到達前不久，他曾經說過：「和平、奮鬥、救中國……」這就是他的最後遺囑了。大家退到客廳裡，面面相覷。「先生還有復原的希望嗎？」一個國民黨元老輕輕地問。大家都搖搖頭，欲言又止。

沉默愈來愈使人感到窒息，幾乎彼此的呼吸都清晰可聞。時間一分一秒無聲地過去，有些人倚在牆上，茫然望著天花板。有些人躺在沙發上，閉起眼睛沉思。也有幾個人躡手躡腳跑進孫先生臥室，然後又一聲不響地回到客廳。

忽然客廳裡的人都尖起耳朵，諦聽臥室內隱約傳來的一陣啜泣聲，隱約的哭聲接著轉為號啕痛哭——這位偉大的領袖已經撒手逝世了。我們進入臥室時，我發現孫先生的容顏澄澈寧靜，像是在安睡。他的公子孫哲生先生坐在床旁的一張小凳上，呆呆地瞪著兩隻眼，像是一個石頭人。孫夫人伏身床上，埋頭在蓋被裡飲泣，哭聲淒楚，使人心碎。汪精衛站在床頭號啕痛哭，同時拿著一條手帕擦眼淚。吳稚暉老先生背著雙手站在一邊，含淚而立。

覆蓋著國旗的中山先生的遺體舁出大廳時，鮑羅廷很感慨地對我說：如果孫先生能夠多活幾年，甚至幾個月，中國的局勢也許會完全改觀的。

協和醫院檢驗結果，發現中山先生係死於肝癌。

孫先生的靈柩停放在中央公園的社稷壇，任人瞻仰遺容。一星期裡，每天至少有兩三萬人前來向他們的領袖致最後的敬意。出殯行列長達四、五哩，執紼在十萬人以上，包括從小學到大學的全部學生、教員、政府官員、商人、工人和農人。

靈柩暫停厝在離北京城約十五里的西山碧雲寺的石塔裡。石塔建於數百年前，略帶西藏風味，由白色大理石建成，塔尖是鍍金的青銅打造的。石塔高踞碧雲寺南方，四周古松圍繞，春風中松濤低吟，芬芳撲鼻。碧空澄澈，綠茵遍地，潺潺的溪水和碧雲寺檐角的鈴聲相應和，交織成清輕的音樂。

畢生致力於科學和奮鬥的孫先生，現在終於在藝術與自然交織的優美環境中安息了。中國的革命領袖已經安息，但是他所領導的國民黨內部卻開始有了糾紛。國民黨的一群要員，借北來參加中山先生葬禮之便，就在西山他的臨時陵墓前集會。討論如何對付國民黨內勢力日漸膨大的共產黨。這就是以後所稱的西山會議派。在會議中有人哭著說：「先生呀，先生離我們去了，叛黨的共黨份子，要把我們的黨毀滅了。」於是跨黨的共產黨徒，和親共的一班小嘍囉，趕到孫先生的靈前，把會議打散了。從此以後，國民黨的正式黨員與跨黨的共產份子之間，裂痕日深一日。兩年以後，也就是民國十六年（一九二七）國民革命軍佔領南京，國民黨發動清黨，共產黨徒終於被逐出黨。

按：羅家倫先生主編《國父年譜》七三八頁對中山先生民國十四年於北平治療情形，曾有刊載，誌錄如下：

十八日自協和醫院移居鐵獅子胡同行轅。是日，先生離協和醫院，乘醫院特備汽車，緩駛至鐵獅子胡同行轅。家屬及友好同志，多以為醫院既經宣告絕望，仍當不惜採取任何方法，以延長先生壽命。於是有推薦中醫陸仲安者；因陸曾醫治胡適博士，若由胡進言，先生或不峻拒。乃推李煜瀛（石曾）赴天津訪胡（胡時適有事赴津），告以來意，約其同歸。胡初以推薦醫生責任太重，有難色。後抵京見汪兆銘等，力言侍疾者均惶急萬狀，莫不以挽救先生生命為第一，且因先生平時對胡甚客氣，換一生人往說，或可採納。胡乃偕陸同往。胡先入臥室進言。先生語胡曰：「適之！你知道我是學西醫的人。」胡謂「不妨一試，服藥與否再由先生決定。」語至此，孫夫人在床邊急乘間言曰：「陸先生已在此，何妨看看。」語訖即握先生腕，先生點首，神情淒惋，蓋不欲重拂其意，乃伸手而以面移向內望。孫夫人即轉身往床之內方坐下，目光與先生對視。

（載《西潮》）

追憶中山先生

我在此文中所要講的，只是我與中山先生個人關係中的幾件小事。先生從事革命時，我還只是一個學生。雖然對於革命很有興趣，但因學業關係，行動上並未參加。一九〇八年（光緒末年）我到舊金山卜技利加州大學讀書。那時先生時時路過舊金山。直到一九〇九年（宣統元年）某日，我才有機會與先生見面。見面地點是舊金山唐人區Stockton街一個小旅館裡，那一天晚上由一位朋友介紹去見先生。這位朋友就是湖北劉麻子，他的朋友都叫他麻哥的劉成禺（禺生）先生。我和他是加州大學的同學，又同是金山《大同日報》的主編。《大同日報》是中山先生的機關報，因這關係，所以與先生很容易見面。麻哥為人很有趣味，喜歡講笑話。中山先生亦稱其為麻哥而不名。中山先生雖不大說笑話。但極愛聽笑話。每聽笑話，常表示欣賞的情緒。

第一次在Stockton街謁先生，所談多為中國情形，美國時事，若干有關學術方面的事情，詳細已不能記憶。其餘則為麻哥的笑話，故空氣極輕鬆愉快。中山先生第一次給我的印象是意志堅強，識見遠大，思想周密，記憶力好。對人則溫厚和藹，雖是第一次見面，使人覺得好像老朋友一樣。大凡歷史上偉大人物往往能令人一見如故。所以我與中山先生第一次見面是很不正式的，很隨便的。

此後，先生在金山時，因報紙關係，時時見面。武昌起義時，我尚在報館撰文，劉亦在。而先生來，謂國內有消息，武昌起義了。聞訊大家都很高興，約同去吃飯，一問大家都沒錢，經理唐瓊昌先生謂他有。遂同去報館隔壁江南樓吃飯。談的很多，亦極隨便。大家偶然講起《燒餅歌》事，中山先生謂劉基所撰一說是靠不住的，實洪秀全時人所造。又聯帶講到劉伯溫的故事。一次，明太祖對劉基說：「本來是沿途打劫，哪知道弄假成真。」劉謂此話講不得，讓我看看有沒有人竊聽。外面一看，只一小太監。問之，但以手指耳，復指其口，原來是個耳聾口啞的人。於是這小太監得免於死。大家聽了大笑。

我講這些話，不過要青年知道許多偉大人物不是不可親近的，亦與我們一樣極富人情味的。所謂「聖人不失赤子之心」，就是此意。

過了幾天，先生動身經歐返國。臨行時把一本Robert's Parliamentary Law交給我，要我與麻哥把它譯出來，並說中國人開會發言，無秩序，無方法。這本書將來會有用的。我和劉沒有能譯，後來還是先生自己譯出來的。這就是《民權初步》。原書我帶到北平，到對日抗戰時遺失了。先生時時不忘學術，經常手不釋卷，所以他知識廣博。自一九〇九迄一九一一年期間與先生見面時，所討論的多屬學問方面的問題。

民六至民八期間在滬與先生復常見面。幾乎每晚往馬利南路孫公館看先生及夫人。此時，先生正著手草英文《實業計畫》，並要大家幫他忙寫。我邀同余日章先生幫先生撰寫。每草一章，即由夫人用打字機打出。我與胡展堂、朱執信、廖仲愷、陳少白、戴季陶、張博泉、居覺生、林子超、鄒海濱諸先生，均於此時認識。

有一時期，季陶先生想到美國去讀書，託我向先生請求。先生說：「老了，還讀什麼書。」我據實報告戴先生。戴先生就自己去向先生請求。先生說：「好，好，你去。」一面抽開屜門，拿出一塊銀洋給季陶先生說：「這你拿去做學費吧。」季陶先生說：「先生給我開玩笑吧？」先生說：「不，你到虹口去看一次電影好了。」

先生平生不喜食肉，以蔬菜及魚類為常食。一日席間，我笑語先生是Fishtarian，先生笑謂以Fishtarian代替Vegetarian，很對。

民八，五四運動發生。北大校長蔡孑民先生離平南來，北大學生要他回去。他要我去代行校務。我於到平後不久，即收到先生一信。其中有句話，到現在還記得。那就是「率領三千子弟，助我革命。」以後，我常住北平，惟有事南下，必晉謁先生。

北平導淮委員會繪有導淮詳細地圖。我知先生喜研工程，因設法一張帶滬送與先生。先生一見即就地板上攤開，席圖而坐，逐步逐段，仔細研究。該圖以後即張掛於先生書房牆上。

杜威先生來華，我曾介紹去見先生，討論知難行易問題。西方學者都知道這個道理，所以他們談得很投機。杜威先生是個大哲學家，但亦是極富人情味的，有時講一兩句笑話，先生則有時講一兩句幽默風趣話。他倆的會見，給我的印象是極有趣味的。

民十（一九二一年），太平洋會議在美舉行。上海各界不放心北京政府。上海商會、教育會、全國商業聯合會等各團體推我與余日章兩人以國民代表身分前往參加。我因欲取得護法政府之同意，因赴粵謁先生。先生欣然同意我等參加，並即電美華僑一致歡迎。那時北京政府想要妥協，是我們聯合一批朋友共同反對阻止的。

民十一，於太平洋會議後取道歐洲返國。先到粵復命，並電告先生。至港，見郭復初先生乘輪來接，始知陳炯明叛變，先生避難艦上，無法晉謁，因由港返滬。

民十二，先生為求南北統一北上。余至天津張園謁見，告以段執政對善後會議無誠意。先生說：「那麼我們要繼續革命。」先生到平以後，一直臥病。十四年三月十二日在北平鐵獅子胡同顧少川先生宅逝世。我聞訊趕到，先生已不能言語了。

先生在北平協和醫院臥病時，有中醫陸仲安，曾以黃芪醫好胡適之先生病。有人推薦陸為先生醫。先生說他是學西醫的，他知道中醫靠著經驗也能把病醫好。西醫根據科學，有時也會醫不好。但西醫之於科學，如船之有羅盤。中醫根據經驗，如船之不用羅盤。用羅盤的有時會到不了岸，不用羅盤的有時也會到岸，但他還是相信羅盤。

以上所敘，是我個人所知道的關於先生的幾件日常瑣事。自舊金山小客棧開始，一直到先生在平逝世為止。所記都是小事，但從這許多小事裡，或者可以反映當年一部分大事。

原載《國父九十誕辰紀念論文集》（一九五六年）

試為蔡先生寫一篇簡照

光緒己亥年的秋天，一個秋月當空的晚上，在紹興中西學堂的花廳裡，佳賓會集，杯盤交錯，似乎蘭亭修禊和桃園結義在那盛會裡雜演著！

忽地裡有一位文質彬彬，身材短小，儒雅風流，韶華三十餘的才子，在席間高舉了酒杯，大聲道：「康有為，梁啟超，變法不澈底，哼！我！……」

大家哄堂大笑，掌聲如雨打芭蕉。

這位才子，是二十歲前後中了舉人，接聯成了進士、翰林院編修，近世的越中徐文長。酒量如海，才氣磅礴。論到讀書，一目十行；講起作文，斗酒百篇。

一位年齡較長的同學對我們這樣說：這是我們學校裡的新監督，山陰才子蔡鶴卿先生。孑民是中年改稱的號。

先生作文，非常怪僻，鄉試裡的文章，有這樣觸目的一句：「夫飲食男女，人生之大欲存焉。」他就在這篇文章中了舉人。有一位浙中科舉出身的老前輩，曾經把這篇文章的一大段背給我聽過，可惜我只記得這一句了。

記得我第一次受先生的課，是反切學。幫、〇、旁、茫、當、湯、堂、囊之類，先生說，你們讀書先要識字。這是查字典應該知道的反切。

二三十年後先生在北京大學校長任內，學生因為不肯交講義費，聚了幾百人，要求免費，其勢洶洶，先生堅執校紀，不肯通融，秩序大亂。先生在紅樓門口揮拳作勢，怒目大聲道：「我給你們決鬥。」包圍先生的學生們紛紛後退。

先生日常性情溫和，如冬日之可愛。無疾言厲色，處事接物，恬淡從容。無論遇達官貴人或引車賣漿之流，態度如一。但一遇大事，則剛強之性立見，發言作文不肯苟同。故先生之《中庸》，是白刃可蹈之《中庸》，而非無舉刺之《中庸》。

先生平時作文適如其人，平淡沖和。但一遇大事，則奇氣立見。「殺君馬者道旁兒，民亦勞止，汔可小休。」這是先生五四運動時出京後所登之廣告。

先生做人之道，出於孔孟之教，一本於忠恕兩字。知忠，不與世苟同；知恕，能容人而養成寬宏大度。

先生平時與梁任公先生甚少往還。任公逝世後，先生在政治會議席上，邀我共同提案，請政府明令褒揚。此案經胡展堂先生之反對而自動撤銷。

我們中國人可以說沒有一個人在不知不覺間不受老子的影響的，先生亦不能例外，故先生處事，時持「水到渠成」的態度。不與人爭功，不與事爭時，別人性急了，先生常說「慢慢來」。

一位在科舉時代極負盛名的才子，中年而成為儒家風度的學者。經德、法兩國之留學，而極力提倡美育與科學。在教育部時主張以美育代宗教。在北京大學時主張一切學問當以科學為基礎。

在中國過渡時代，以一身而兼東西兩文化之長，立己立人，一本於此。到老其志不衰，至死其操不變。敬為輓曰：「大德垂後世；中國一完人。」

（原載一九四〇年三月二十四日重慶《中央日報》）

蔡先生不朽

「人生自古誰無死，留得丹青照後人。」這句話，是說人的身體遲早必死，惟精神可能不死。精神不死，是謂不朽。先生死矣，而先生之精神不朽。今請言先生不朽之精神。

學術自由之精神

先生之治學也，不堅執己見，不與人苟同。其主持北京大學，凡持之有故、言之成理者，悉聽其自由發展。

寬宏大度之精神

先生心目中無惡人，喜與人以做好人的機會，先生相信人人可以成好人。先生非不知人有好惡之別，但視惡人為不過未達到好人之境地而已。若一旦放下屠刀，即便成佛。故先生雖從善如流，而未嘗疾惡如仇。俗語說：「宰相肚裡好撐船。」古語：「有容乃大。」此先生之所以量大如海，百川歸之而不覺其盈。

安貧樂道之精神

先聖有言：「為仁不富。」又曰「富貴不能淫。」蔡先生安貧樂道，自奉儉而遇人厚，律己嚴而待人寬。

科學求真之精神

先生嘗言，求學是求真理，惟有重科學方法後始能得真理。故先生之治北京大學也，重學術自由，而尤重科學方法。當中西文化交接之際，而先生應運而生。集兩大文化於一身，其量足以容之，其德足以化之，其學足以當之，其才足以擇之。嗚呼！此先生之所以成一代大師歟！

（原載一九四〇年三月二十四日重慶《掃蕩報》）

一個富有意義的人生

他是我國學術界一顆光芒四照的彗星

吳先生江蘇無錫縣人，原名眺，字稚暉，後改名敬恒。先生嘗自述身世云：「曾祖母早寡，吾祖為獨子，生吾父亦獨子，十歲喪母，吾母十八嫁吾父，曾祖母與吾祖，切望吾母生子，不料吾母至家之年，為同治二年（一八六三），曾祖母近九十，祖父六十，先後去世。至同治四年（一八六五），吾母生我伊方二十歲。二十五歲死時，遺吾六歲，及吾大妹四歲，時洪楊之亂已平，外祖母本無子女，故撫吾兄妹二人如己孫，同回無錫北門老家。外祖母養我至二十七歲（時光緒十九年公曆一八九三），而彼死，其恩至篤。」

照此身世看來，曾祖母壽近九十，祖父六十，外祖母養先生至二十七歲，其壽當在八九十之間。是先生之血液中含有長壽之血統，故先生之長壽，亦非偶然。

他零丁孤苦的身世，從小養成了他安貧向學，意志堅定的習慣。此實奠定了他一生安貧樂道，生活儉樸的基礎。

他早年是科舉出身，二十三歲（一八八九）考進縣學，二十五歲（一八九一）考進江陰南菁書院，二十七歲（一八九三）中了舉人。

他治《皇清經解》很有功力，長於史論，學桐城派古文筆法。就在戊戌（一八九八）年的元旦，候左都彌史瞿鴻禨朝賀回宅，上前把轎拉住，送上摺子。瞿看了一個大概就說：「唉！時局到了如此，自然應該說話，你的摺子我帶回去細看再說，你後面寫有地址，我有話，可通知你，你們認真從事學問，也是要緊的。」

戊戌（一八九八）年春天，先生在北洋學堂教書。六月康梁在北京變法，他已回無錫，不久就到上海南洋公學任教，每月薪金四十兩，比在北洋學堂多了十兩。

辛丑（一九〇一）三月，他到東京去留學。壬寅（一九〇二）赴廣州，又自廣州帶了二十六個少年再回日本。後因事率領學生大鬧公使館，諸人被日本當局驅逐出境。先生憤而投水，為員警所救，得不死。

壬寅（一九〇二）五月回上海，十月愛國學社成立。以後《蘇報》案起，捕房到處捕人，先生出亡英倫，約同人創《新世紀報》於巴黎，鼓吹革命。

（以上事實節錄張文伯《稚老閒話》。先生常與我談往事，大致相同，惜我未曾筆錄。）

我於民國六年（一九一七）在上海環球中國學生會演說會中初次碰到吳先生。那年我剛從美國留學畢業回來，好多地方請我演講，那時我的言論，大概都是講西洋文化的根源並和中國比較。

大意是西洋文化起源於希臘，重理智、重個性、重美感。中國思想則重應用、重禮教、重行為。因此常常蘇格拉底、亞里士多德幾個希臘哲學家的名字，並提到科學的發展，是從希臘重理智而演化出來的。中國科學不發達，是因為太重應用。我們現在要講工業，根本要從科學入手。

我這套理論為當時輿論界所不欣賞。有一張報紙，畫了一幅插畫，一個戴博士方帽，面龐瘦削的人，滿口吐出來蘇格拉底、亞里士多德兩個西洋名字在空中蕩漾。

我想這條路走不通，所以我就講要中國富強，我們先要工業化並講工程學對於工業發展的重要，工程學是要根據科學的。工程是應用科學，是要以理論科學或自然科學做基礎的。那幾個希臘名字就從此不提了。

那天演說的晚上，我所講的話，大概就是最後一套。

演講以前，我照例坐在第一排，旁邊坐了一位約莫五十餘歲，不修邊幅的人士，著了一件舊藍布長衫，面龐豐裕，容貌慈祥，雙目炯炯有光，我暗想這人似乎「此馬來頭大」，決不是一位俗客。

一忽兒主人朱少屏先生站了起來，為我們介紹。說一聲吳稚暉先生，吳先生站了起來，笑容滿面，活像坐在大寺門口的那尊眯眯佛（彌勒佛），非常謙恭的說了幾聲「久仰」，我雖覺受寵若驚，但是心裡卻很高興。

大概我講了一個小時，走下講臺來，回到原座以前，吳先生又站起來了，笑容可掬的說了幾聲「佩服」。那個晚上大概我所講的是工業和科學，撥動了他老先生的心弦。在這次講演裡，我給他老先生一個好印象。

五六年後（民十一），我在法國里昂，一個借法國舊炮兵營房為校舍的中法大學裡講演，時先生任校長。我想在外國留學，讀中國書的機會不多，我就說幾句鼓勵他們讀中國書的話。我講完後，他老先生急遽的大步踏上臺來，圓溜溜的兩眼似乎突了出來，迸出兩道怒火，這眯眯佛頓時變成了牛魔王，開口便說某先生的話，真是亡國之談。

這次世界大戰以後，沒有坦克大炮，還可以立國麼？那些古老的書還可以救國麼？望你們快把那些線裝書統統丟到毛廁裡去。

我好似在靜悄悄的雲淡風清的環境中，驀地裡碰到了晴天霹靂。

講完以後，他雨過天晴似的頓時平靜起來了。漫步下臺來，慈祥的走向我這裡來，我站起來謙恭的向他服罪。他笑眯眯的說，沒有什麼，不過隨便說說罷了。

以後在北平、在上海、在南京、杭州，時時有會面機會。他的長篇大論，一談數小時，總是娓娓動聽。戴季陶先生曾對我說，先生更樂與談天的人，並非我們，而是不曉得什麼角落裡的老先生們。但他對我們的態度，也老是春風時雨似的和藹可親的。只有民國十九年（一九三〇）在教育部裡那天晚上，他老先生像在里昂一樣，又向我示威了一次。在拙著《西潮》裡有記載如下：

我以中央大學易長及勞動大學停辦兩事與元老們意見相左，被迫辭教育部長職。在我辭職的前夜，吳稚暉先生突然來教育部，雙目炯炯有光，在南京當時電燈曚曨的深夜，看來似乎更覺顯明。他老先生問我中央、勞動兩校所犯何罪，並為兩校訴冤。據吳老先生的看法，部長是當朝大臣，應該多管國家大事，少管學校小事。最後用指向我一點說道：「你真是無大臣之風。」我恭恭敬敬站起來回答說：「先生坐，何至於是，我知罪矣。」第二天我就辭職，不日離京，回北京大學去了。劉半農教授聞之，贈我圖章一方，文曰『無大臣之風』。

提起劉教授，就會使我聯想到他在舊書攤裡找到的一本大約於同光年間出版的一冊老書，他印了出來。這書長於以粗俗文字寫出至理名言。書名《何典》。卷首有一句粗話說：「放屁放屁，真是豈有此理。」半農為這本諷刺書設計了一張封面插畫，也很不雅馴的。一個鄉下老口含短煙筒，蹲在道旁，一縷輕煙，從煙斗裡嬈繞上升。他的背後蹲著一條小狗，向他凝視著，希望包食一頓。

劉教授在序文裡說，吳丈嘲笑怒罵的作風，是從這本書裡得到的法寶。我不見吳老否認，大概半農先生序中所言的是有根據的。

此後余常在北平，吳先生則在南方，故不常見面。抗戰期間，我在昆明，他在重慶，只偶一會晤。以後我任職行政院，事忙亦不常往訪。至民國三十七年（一九四八）在任職中國農村復興聯合委員會，常乘飛機視察南北各省鄉村，彼此更不相見。只有在臺北於總統府紀念週時，因並肩而坐，得稍事寒暄，當時笑容可掬的表情，至今猶存於我的想像中。但是他的體力似乎已走向衰退道上去了。

在我於民國十九年離教育部以前，彼此多見面之機會，故常得聆教。

先生在北平時（當時稱北京，民十二），寓石達子廟。他住在舊式東側廂房，花格長門而無窗，在紙糊的花格裡透入了光線。一張板床，兩張桌子，幾張凳子。在一張桌子上放了一雙火油燈，他自己燒飯吃的。另一張是放書籍的。看書寫字就在這裡。此時此地，他寫成了他的一個新信仰的宇宙觀及人生觀，他老先生的重要思想就在這篇文章裡發表的。他外出常步行，不坐人力車。日常不在家，用兩條腿走向各角落裡，探訪北京的古蹟。

後來在北平，他邀集十幾個小學生，都是當時國民黨領袖的子弟們，由他親自施教。蔣經國先生就是其中之一。

據蔣經國先生說，有一天，有人送他老先生一輛人力車，先生要他拿一把鋸子來，把這輛車子的兩根拉杠鋸掉。他以為先生在開玩笑，不敢動手。後來先生說：「我要你鋸，你就鋸。」鋸了以後，先生看看杠子鋸斷，哈哈大笑。就同他把這輛沒有拉杠的車身，抬到書房裡。他老先生一面坐上去，一面對他說：「你看舒服不舒服？我現在有了一張沙發椅了！」接著他老先生又說：「一個人有兩條腿，自己可以走路，何必要別人拉。」（蔣經國紀念先生文，一九五三年十二月九日臺灣《新生報》）

在抗戰時期，他老先生住在重慶上清寺一間小屋裡，和在北平時一樣簡陋。他的臥室兼書房，最多不過十尺或十一尺見方。一張木板床，掛上一頂舊蚊帳，床上一襲藍布被，一個古老式的硬枕。對著一張小書桌，桌旁牆上貼了一張自己寫的「斗室」兩字，每字約三四寸長方形。（陳伯莊紀念先生文，《今日世界》第四三期）

有人問他，政府為他蓋上了一所小房子，為什麼不搬過去住。他回答說，他生平不修邊幅，壞房子住慣了，好比豬玀住豬圈裡，住得很舒服。如果有人把豬玀搬到水門汀的洋房子裡去，豬玀反而要生病的。救救他的老命吧，他是住不得好房子的。（羅敦偉紀念先生文，《暢流》第八卷第七期）

這種簡陋的生活，人以為矯情。我知道他並不如此。他以為一個人當逍遙於宇宙之間，縱橫萬萬里，古今萬萬年，短短的人生寄居於斗室之中或高軒之內，是沒有多大分別的。只要讀過先生所著《上下古今談》的人們，都會知道先生之思想，常以無窮盡的天體，無限數變化萬千的星辰為對象。無論高軒大廈，在先生看來，直與蝦房蟹舍等耳。而且他住慣了斗室，要他搬入大房子，好像鄉下佬入城，自而覺得有些不自然。豬圈的比喻，不是完全說笑話。

我在昆明的時候向先生乞書，先生以篆書為我寫小中堂一幅，信筆拈來書《莊子．逍遙遊》篇中的「背負青天而莫之夭閼者而後乃今將圖南」句以賜餘。讓我將這句話譯出來，使大家容易懂得。

這句話的上文，為描寫一隻大鵬鳥，它的背長，約摸有幾千里，發怒飛上天空，它的兩翼像從天垂下來的雲朵，颶風一起，就會乘風飛向南冥去。南冥是天池。飛的時候，擊動水面三千里，旋轉而上九萬里，於是憑藉風力，「背負青天，一無障礙，乃乘風向南冥飛去。」（原句意譯）

這幅小中堂裡所引莊子的寓言，可以代表先生的人生觀。像大鵬鳥一樣縱橫萬里，任風所至而至。自由自在，逍遙天地間。先生一生行動，脫胎於此種觀念，這是根據老莊的自然哲學。故其行蹤所至，必遊山玩水，力避塵囂，不受繁文縟禮的羈絆。獨來獨往，視富貴如浮雲，縱觀山高水長，游目林泉之勝，使他在大自然中度生活。

抗戰前夕，最高軍事領袖駐節廬山，這時戰事氣氛濃厚，人們心緒緊張。他老先生還獨自一個人步登漢陽峰，這是廬山的高峰，海拔六千多尺。那是一位貴州礦師諶湛溪君說的。那次天色將黑了，諶君步到峰頭，卻見吳先生一個人正在那裡賞玩暮景。（陳伯莊紀念先生文）

我在牯嶺的時候，有時也碰見先生獨自緩步，踏登青苔滑步的石級，穿雲霧，涉松林，聽鳴泉。他襟上常掛著一隻計步錶，錶針每步一跳。返寓後看錶而知所行之步數。這小小的一個儀器，可以為先生欣賞近世機器之象徵。

先生之篆書頗具獨特風格，但他說：「裝飾牆壁與其掛字畫對子，不如掛鋸子、掛斧子。」（董作賓紀念先生文，《中國一週》第一八五期）因為這些工具，是機器的簡單代表，可用以製造物質文明的。

先生雖極力提倡科學，並相信在物質方面，人工可補天工之缺陷。但對於近世衛生之道，不甚講究。對於自己身體，仍採用順天主義，不以人工補救人體的缺陷。大概因為先生體力健康逾常人，自己認為得天獨厚，既無缺陷，無須補救。他牙脫不肯鑲補。他說人老齒落，是個天然的警告，告訴你體力和消化力都衰了，不要再饞嘴了。你該用那疏落的餘齒，慢慢地細嚼食物，自然節減食量，適應那衰退的需要。（陳伯莊紀念先生文）這幾句話當然有一部分的理由，但信之過度，是危險的。

我在浙江大學任內，請他住在校長公舍裡，和我的臥室間壁。知道他在那時候夜間但假寢，不脫衣。黎明不吃早餐就出門去了。夜間回來才知道他獨自信步漫遊西湖，欣賞湖山林泉之美。吃飯也不按時間，餓了就在小食鋪裡胡亂吃一頓，花不了幾個銅板。

他像一位苦行僧，雖然他不信超世主義，也像一個遊方道士，雖然他不相信由自然主義變質而成的道教。到了晚年他病了不願就醫，就醫不肯吃藥。

李石曾先生曾對我說，吳先生如能略講衛生，以他的體力之健，今日必尚健在。

中國學者往往把老莊哲學和孔孟學說融化為一。經世則孔孟，避俗則老莊。當然後者也吸收了不少釋家超世哲學。不過各人有不同的成分罷了。

先生卻反對釋道混合的超世主義，尤反對儒釋混合的宋儒心性之學。後者即為清儒所一致反對者。清儒之反宋儒，就是這個道理。

他的人生觀是任自然的人生觀。海闊天空，上下數萬年，縱橫數萬里。人生其間，自由自在。先生之思想行動，實為老莊哲學之本色。前面所述的《莊子．逍遙遊》中語，足以為先生寫照。世人不察，以為其行為怪僻，誠如莊子所說的「蟪蛄不知春秋」也。

先生自己的思想裡存有兩個古今相隔三千年的觀念。以今之機械文明教人，以古之老莊哲學處世。因此我們看不懂他的生活習慣。我們若把先生看作手操電動機器，製造近世應用物品的一位道人，就相去不遠了。先生要把線裝書拋入毛廁裡，但他的腦袋裡卻留著兩部線裝書——《老子》和《莊子》。他的宇宙觀開始的幾句話，就是老子「有物混成，先天地生」的一個觀念，輳合了近世的進化論——宇宙不斷的在變化中。現在讓我們把他自己的話引在下面：

在無始之始（此係由佛家「自無始來」改編而成的。），有一個混沌得實在可笑（採取《老子》「有物混成，先天地生」的觀念），不能拿言語來形容的怪物（即「名可名，非常名」的意思），住在無何有之鄉（借莊子語），……自己不知不覺便分裂了（如細胞的分裂），……頃刻變起了大千宇宙，至今沒有變好。（這是說宇宙永遠在變化中）……這是我的宇宙觀及人生觀。」（《一個新信仰的宇宙觀及人生觀》，《吳稚暉學術論著》三十頁）

先生又說：

人便是宇宙萬物中叫做動物的動物。……後面兩腳直立。……（這樣雖）止剩兩隻腳，卻得了兩隻手。（他的）內面有三斤二兩腦髓，五千零四十八根腦筋，比較佔有多額神經系的動物。（同上三十三頁）

人以宇宙作戲臺，玩弄他的把戲。所以先生說：

生者演之謂也……生的時節就是鑼鼓登場，清歌妙舞，使槍弄棒的時節。未出娘胎是在後臺，已進棺木，是回老家。（同上三十四頁）

這裡說「舞槍弄棒」是一個比喻，猶如說用雙手製造機械，又以機械幫助雙手製造物品，所以先生又說：

物質文明為何？人為品而已。人為品為何？手製品而已。……手之為工具，能產生他工具。（同上四十五頁）

用兩隻手去做工，用腦力去說明兩隻手製造機械，發明科學，製造文明，增進道

德。（錢思亮引先生話，《中國一週》一八五期）

為什麼物質文明會增進道德呢？先生說：

吾決非（只知）崇拜物質文明之一人，惟認物質文明為精神文明所由寄而發揮，則堅信而無疑。……物質備具，充養吾之精神……而後偶任吾個體之返本自適，遂有若天地甚寬，其樂反未央耳。（《吳稚暉學術論著》一四五頁）

廣義的道德，即屬於精神文明。物質具備，始能使個人返本自適，得優遊自在之機會，欣賞大自然之美，享精神上之快樂。先生之主張發展物質文明，其用意在此。先生之刻苦自持，實因中國物質未具備，以節儉作「返本自適」之代價耳。

先生認東西之所以不同，以物質是否具備為標準。所以他說：

以東方不能備物之民，與西方備物甚富之民較，固無異由人力車夫之短垣，以窺吾室，備物同與不周而已。（同上一四五頁）

東西之所以不同，雖不能說如此簡單，但不能不認此為最顯著之對照。吳先生上承顧、顏、戴實事求是之餘韻，下接近世西洋物質文明，而以發展科學為人生之要圖，救國之大道。主張把線裝書抛入毛廁，為舊日學問暫時作一總交代。

他於民國三十年自己宣佈他的信仰是（同上八十三頁）：

（一）我堅信精神離不了物質。

（二）我是堅信宇宙都是暫局，然兆兆兆兆境沒有一境不該隨境努力，兆兆兆兆時沒有一時不該隨時改進。（這是說宇宙永遠在進化。）

（三）也許有少數古人勝過今人，但從大部分著想，可堅決的斷定古人不及今人。今人不及後人。（因為永遠在進化，所以今勝於古，後將勝於今。）

（四）善也古人不及今人，今人不及後人，知識之能力可使善也進，惡亦進，人每忽於此理，所以生出許多厭倦，弄成許多倒走。（這是說善惡均在進化之中。）

（五）我相信物質文明愈進步，品物愈備，人類的合一，愈有傾向，複雜的疑難亦愈易解決。（此所以使先生信仰物質文明。）

現在讓我們談一談先生經世的功績。一個是「語同音」的工作。即是現在我們所熟知的「注音符號」的製成。

我們先討論注音符號之製成與效果。先生有一度曾很熱心的贊成採用世界語，後來卻不談了。只一心一意向注音符號的一條路走。

據梁容若先生在《中國一週》一八五期裡所說，先生在國語上的主要貢獻有六點：（1）主持民國二年的全國讀音統一會，制定注音字母（以後改稱符號），審定常用字讀音，手編第一部《國音字典》，為國語統一奠定基礎。（2）從民國八年（一九一九，即五四運動那一年。）起以三十年的長期領導教育部的國語統一會。（3）審定各種國語重要書籍，如《國音常用字彙》，《中華新韻》，《國語羅馬字拼音方式》等。（4）設立國語師範學校，並於師範學校增設國語科，訓練推行國語人才。（5）宣導語文的科學研究。（6）注意平民教育教材，使其通俗化、簡易化。

國語教育在臺灣推行於全部中小學校，在短短十數年中，使臺灣與北平同為國語區域。這是於將來使全國「語同音」立了一個好榜樣。兩千幾百年前秦李斯作小篆，使「書同文」奠定基礎。以後繼續改進與簡化，使成一種比較簡便的標準字體，即現今通行之楷書，沿用至今已二千餘年了。民間雖代有減少筆劃之簡體字流行，但官書之標準未改。

「語同音」的影響，我們不相信將來會比「書同文」為小。我們在臺灣只要和青年人談天，就知道他們說一口標準的國語。有一天黃季陸先生在鄉間對幾位本省青年說話，最後向他們問「你們懂我的國語麼？」其中有一位搖搖頭笑了一笑，答道「先生說的不是國語」。誠然，黃先生說的是四川官話，本來是很接近國語的。注音符號使每字讀音標準化，因此造成了標準的語音。我們在廣播裡聽小姐們說話和歌唱，我們就聽到更漂亮的標準國音，使我們分不出那一位是臺灣或廣東姑娘、江蘇或山東姑娘、新疆或東北姑娘。

「語同音」現在已經達到標準化了，我們不得不感謝吳老先生三十年領導之功，我們希望歷代民間所用的簡字，也使它標準化，並因時代之需要，增制新簡字。這事比較容易辦，只要民間有一團體發起研究，最後政府自會採用的。這種成就，不能不歸功於先生三十年長期的領導。

說到注音符號與漢文的結合，先生更取韓文、日文來評較一番。他說：把留聲機字濟急，實係聖品，然竟把他代用文字，又變癡愚。文字之所以著變化，異狀貌，設繁多之條例，乃隨事類繁賾，學理艱深而滋乳，出於不得已，非故為其吊詭。朝鮮人造著有音無別的諺文，欲適用於平民教育，初意或亦有當。然竟與漢文嚴劃鴻溝，諺文亦不入漢文一字，漢文亦不入諺文一字，且使諺文所任職務，未免過重。非但算留聲機器，竟且認為普通文字，置漢文為高等。於是高等的漢文，自然變成敬鬼神而遠之。而諺文遂牝雞司晨矣。從此高深之學問，即停滯而難治。（按越南亦犯同病。某日，農復會為吳廷琰總統作簡報，譯人說越語，余見其所筆記者，純為漢文。）

就文字功用說，日本的文字，可以說是世界上最占便宜的文字。因為一、它居然也可算拼音，好在幾乎聲母韻母都不分。在文字上失資格，固即為此，而在拼用上十分簡便，亦即為此。二、假名獨用，諺文的功用，即已包括在內。三、倘若要陳說高深學理，或要分別契約條件，他老了面皮，竟夾入漢文，也不顧非驢非馬。所有諛墓頌聖，吟風弄月，裝飾品的文字，又能也請漢文撐場，無朝鮮之蠢而有其雅。日本有如是最佔便宜的文字，所以幫了他，能夠學理精造，仰企歐美各國，知識普及，遠高西班牙、俄羅斯了。

我國今以注音符號與漢文結合，在文字功用上，未嘗不可更佔便宜。即可利於平民教育的進行，亦無妨於高深學問的研討，無損於漢文固有的優美狀貌。總之，離之則兩傷，合之則雙美，倚此雙美，最輕便的解決二百兆平民大問題。（《稚老閒話》）

……

先生秉性倔強，凡他認以為是的主張，不肯輕易放棄，但一旦認為非是，即毅然決然的改變。我好幾次聽見他所講的兩個故事，就是兩個實例。他說他赴日本留學，臨行以前，有人勸他剪辮髮。他勃然大怒說：「留學就是要保存這條辮子，豈可割掉！」

在日本留學時，好多人勸他去看中山先生，他又勃然大怒說：「革命就是造反，造反的就是強盜，他們在外洋造反的是汪洋大盜，你們為什麼要我去看他！」後來一見中山先生，聽其談論，就五體投地的佩服他。可見吳老一旦知其所見非是，就會立刻改變。但不作模稜兩可的調人。

吳先生有一良好習慣，幾十年來，他把人家寫給他的片紙隻字，包括請吃飯的請帖在內，都分類歸檔。汪精衛給他的信，沒有一封不入檔的。所以他與汪辯論起來，汪所忘了的，他偏忘不了。所以兩人打筆墨官司的時候，汪總吃了虧。有時我與汪談起先生來，他常嗤之以鼻，有時會急遽的說一句「這個人我不理」，同時右手在空中掠過作勢，表示輕蔑他的意思。

經過了八年抗戰，數年復員以後，……吳先生經友人力勸，始離滬赴臺，於離滬的前夜，在寓中燒了大批文件，就是那些檔案的一大部分。胡適之先生深以此種史料之毀滅為可惜。這是人所同感的。

先生愛國情切，於此時又親筆寫了兩千三百多字長的〈敬告僑美全體同胞書〉，勸僑胞在美效秦庭之哭。該稿已由臺北中央文物供應社影印出版，此恐係先生最後之長篇文也。

他老先生於四九年二月到了臺灣以後，健康日趨下坡。於五三年十月三十日逝世，享年八十九歲。

先生有一篇遺囑，內容都是講的家事，但很富有意義。他把幾年來的帳目，算得很清楚。到臺灣以後，先生的全部收入是薪水一萬四千元，總統府撥給的醫費四萬九千元，寫字收入的潤資共計一萬七千元。這些錢除了開支以外，本有些剩餘；但是因為存在合作社裡，結果被倒掉了。所以在結帳的時候，寫上「恰當」二字。後來，先生身邊又餘了一點錢，這是他在寫遺囑以後的少數收入。他希望把這點錢送給親戚；並在遺囑上寫了一句：「生未帶來，死乃支配，可恥。」（蔣經國紀念先生文）

後來，他又親筆為政府擬了一道命令，開頭寫著「總統府資政吳敬恒」字樣，其餘的話，都是用先生平日的語氣寫成的，所以未完全為政府所採用。這道手擬的命令是狄君武先生當時給我看的，因為狄君是始終陪伴著先生的。

先生認為死是「回老家」，來自大自然，仍向大自然回去。所以處之泰然。

後來政府尊重吳先生的遺意，把他的遺體火化，又把骨灰裝入一個長方形的匣子裡，由蔣經國先生等諸位乘一小船伴送到金門附近海上，在海軍艇上所奏哀樂悠揚中，沉入海底。時在一九五三年十二月一日。

這顆彗星乃悄然投向天邊地角而去，倏忽幻滅了。五千年之期到時，果如他老人家所說，無政府主義實現了。在一個滿天星斗閃鑠，一道銀河耿耿的長夜裡，人們會看見一顆光芒萬丈的掃帚星，橫掃天空而過，那是他老人家的化身，來慶祝無政府社會的成立。

讓人們等著吧，只短短的五千年！

最後請以先生之宇宙觀及人生觀綜合的兩句話作本文的結束：

悠悠宇宙將無窮極，願吾朋友，勿草草人生。（吳著《一個新信仰的宇宙觀及人生觀》）

（原載《傳記文學》第四卷第三期）

憶孟真

十二月二十日午前，孟真來農復會參與會議，對於各項討論的問題他曾貢獻了很多寶貴的意見。其見解之明澈，觀察之精密，在會中美兩國人士，無不欽佩。他忽爾講中國話，忽爾講英國話，莊諧雜出，莊中有諧，諧中有莊，娓娓動聽，我們開了兩個鐘頭的會，他講的話，比任何人多。孟真是一向如此的。他講的話雖多，人不嫌其多，有時他會說得太多，我們因為是老朋友，我就不客氣的說：「孟真你說得太多了，請你停止吧！」他一面笑，一面就停止說話了，我們的顧問美國康奈爾大學農業社會學教授安得生先生會後對我說：「你太不客氣了，你為何那樣直率的停止他說話。」我回答說：「不要緊，我們老朋友，向來如此的。」我記得好幾年前有兩次，我拿起手杖來要打他，他一面退，一面大笑，因為我辯他不過，他是有辯才的，急得我只好用手杖打他。

同日午後，他在省參議會報告，他就在那裡去世了。我於第二天早晨看報才知道，那時我有說不出的難過，我就跑到殯儀館裡吊奠了一番，回到辦公室做了一副輓聯，自己寫就送了去。算是作了一個永別的紀念。輓聯說：

學府痛師道，
舉國惜大才。

孟真辦臺灣大學，鞠躬盡瘁，以短促的幾個年頭，使校風蒸蒸日上，全校師生愛戴，今茲逝世，真使人有棟折梁摧之感。

孟真之學，是通學，其才則天才，古今為學、專學易，通學難，所謂通學就是古今所說之通才。

孟真博古通今，求知興趣廣闊，故他於發抒議論的時候，如長江大河，滔滔不絕。他於觀察國內外大勢，溯源別流，剖析因果，所以他的結論，往往能見人之所不能見，能道人之所不能道。他對於研究學問，也用同一方法，故以學識而論，孟真真是中國的通才。

但通才之源，出於天才，天才是天之賦，不可以僥倖而致。國難方殷，斯人云亡，焉得不使舉國嘆惜！

我識孟真遠在民國八年，他是五四運動領袖之一，當時有人要毀掉他，造了一個謠言，說他受某煙草公司的津貼。某煙草公司，有日本股份。當時全國反日，所以奸人造這個謠言。我在上海看見報上載這個消息，我就寫信去安慰他。但是當時我們並沒有見過面，到這年（民八）七月裡，我代表蔡孑民先生，到北平去代他處理北京大學校務。我們兩人才首次見面，他肥胖的身材，穿了一件藍布大褂，高談闊論了一番「五四」運動的來蹤去跡。那年他剛才畢業，但還在北大西齋住了一些時，此後他就離校出洋去了。我們直至民國十一年方才在英國見面，他那時在學心理學，後來我在德國，接到他的一封信，他勸我不要無目的似的在德、奧、法、意各國亂跑。他提出兩個問題要我研究。第一個，比較各國大學行政制度。第二，各國大學學術的重心和學生的訓練。這可證明他不但留心自己的學業，而且要向人家貢獻他的意見。

他後來在廣東中山大學擔任教授。我在北平，他在廣東，彼此不見面好幾年。直到後來他擔任中央研究院歷史語言研究所所長，見面的機會就多了。

當時我在南京教育部，中央研究院也在同一街上，兩個機關的大門正對著。所以見面的機會特多。當我在民國十九年回北京大學時，孟真因為歷史研究所搬到北平，也在北平辦公了。九一八事變後，北平正在多事之秋，我的「參謀」就是適之和孟真兩位。事無大小，都就商於兩位。他們兩位代北大請到了好多位國內著名的教授，北大在北伐成功以後之復興，他們兩位的功勞，實在是太大了。

在那個時期，我才知道孟真辦事十分細心，考慮十分周密，對於人的心理也十分瞭解，毫無莽撞的行動。還有一個特點使我永遠不能忘記的，他心裡想說什麼就說什麼。他說一就是一，說二就是二，其中毫無夾帶別的意思，但有時因此會得罪人。

十二月十七日為北京大學五十二週年紀念。他演說中有幾句話說他自己。他說夢麟先生學問不如蔡孑民先生，辦事卻比蔡先生高明。他自己的學問比不上胡適之先生，但他辦事卻比胡先生高明。最後他笑著批評蔡胡兩位先生說「這兩位先生的辦事，真不敢恭維。」他走下講臺以後，我笑著對他說「孟真你這話對極了。所以他們兩位是北大的功臣，我們兩個人不過是北大的功狗」，他笑著就溜走了。

孟真為學辦事議論三件事，大之如江河滔滔，小之則不遺涓滴，真天下之奇才也。今往矣，惜哉。

（原載一九五〇年十二月三十日臺北《中央日報》）

談中國新文藝運動

一、北京大學與學術自由

記得我幼年在小學念書的時候，常聽到紹興一位翰林和一位舉人的大號。翰林是蔡鶴卿先生，舉人是徐伯蓀先生，後來又聽說紹興中學有位教務長周豫才先生。如果只講這三個號，現在的人們可能都很陌生，以為不過是三個紹興土老兒。但當我把他們的大名字講出來，大家就會知道了。其中兩位對近代文壇影響很大，一位為近代中國革命而貢獻了生命。

上面所說的翰林就是我們知道的蔡元培先生。鶴卿是他的號，後來另號孑民，舊號就很少人知道了。他是同盟會會員，國民黨黨員，與中山先生是很好的朋友，當他點翰林的時候，年紀很輕，後來又到德國和法國去留學，回國後任北京大學的校長。他在北京大學時，倡導學術自由，為中國學術界開創了一個新的方向。這個主張，雖受希臘哲學家講學自由的影響，但根本上還是從中國儒家「道並行而不相悖，萬物並育而不相害」的原則推演出來的。他在北京大學校長任內，網羅全國各式各樣的人才：有國學名宿劉申叔（師培）、黃季剛（侃）諸先生，中西學問淵博，有帶著辮子，玩世不恭，國際聞名的辜湯生（鴻銘）先生，還有帶辮子主張復辟，時來北京大學做客的羅叔蘊（振玉）先生和王靜庵（國維）先生，他們兩位都是研究甲骨文專家；首先提倡民主與科學，後又發起組織共產黨，結果被共產黨開除而被稱為取消派的陳獨秀先生，以及提倡文學革命為我們所熟知的胡適之先生等，都被網羅在北京大學之內。自從這個學術自由的種子播下之後，中國近代學術界便開出了一朵燦爛奇葩。各種思想都從這個種子而萌芽茁長。

二、魯迅兄弟

講到周豫才先生，這個紹興土老兒，與近代中國文壇關係很大，他為中國文藝創造了一種特殊的風格。眾所周知的魯迅，就是周豫才先生，名樹人。他本來是一個預備學幕友（紹興師爺）的人，後來棄了紹興人世傳的舊業，改習水師，又棄水師赴日本學醫。最後到北京教育部當僉事，並在北京大學教幾點鐘課。他住在紹興會館，收入不多，因為窮，就寫點文章，以稿費補助衣食費用的不足。他很健談，但一口紹興官話，除了同鄉外，旁的人聽了有點費力。碰到談得投機的，他便無話不談。一副紹興師爺的態度，那深刻而鋒利的談話，極盡刻薄、幽默與風趣之能事。我所知道他的早年作品，如《狂人日記》（民國七年）、《阿Q正傳》（民國十年），都只為了好玩，舞文弄墨，對舊禮教和社會現狀挖苦諷刺一番，以逞一己之快。這種文學，在當時是受人歡迎的，因為當時的人們多半不滿於現實，心中苦悶，他便代表大眾以文字發洩出來了。

魯迅有個兄弟叫周作人，號豈明，也在北京大學當教授，他的寫作風格很輕鬆，對人生看得很淡泊，有些所謂道家氣味，他曾在日本研究希臘文，可用希臘文讀書。兩兄弟彼此訓練不同，意見也相左。哥哥常在弟弟家裡鬧架，弟弟討了個日本太太，跟魯迅格格不入，鬧得更厲害，由此可見他們家庭的一般情形了。

提到魯迅的筆法鋒利與深刻，我們可以他的《狂人日記》為例。多年前我讀過這書，至今還記得書中那狂人看見間壁鄰舍趙家的一隻狗，竟認為那隻狗不懷好意，不然為什麼看他幾眼？他這種描寫，使我感到自己也和那狂人一樣，想像著那隻狗的眼睛，便覺得可怕。這就是魯迅文字寫得深刻的地方。

三、紹興師爺《阿Q正傳》

現在讓我把《阿Q正傳》寫作的背景談一談。

當辛亥（民國前一年）革命的時候，革命軍到了紹興，當地的土豪劣紳，搖身一變，就成了革命黨人，作了革命黨的新官吏。這班新官吏，比滿清官吏更壞，加倍魚肉鄉民，阿Q就在這裡新的統治之下犧牲了生命。

阿Q代表無知鄉民，被人欺侮，受官吏壓迫。在廣大的農村裡，成了全國被壓迫者代表人物。魯迅把他描寫出來，成為自然主義和寫實主義的一派文藝。對於鄉村現狀，作鋒利和深刻的批評。其中卻包含了不少挖苦詞句，和幽默口吻，這也是吸引讀者的一個訣竅。

作者幼時常聽紹興師爺們談天或講故事，其鋒利、深刻、幽默、挖苦，正與《阿Q正傳》相似。若把那些片段的故事湊合組織起來，也會成為類似《阿Q正傳》的作品。

酒也是一個重要的因素。紹興黃酒，味醇而性和，人多喜愛。現在我們在臺灣所喝的黃酒，就是仿造紹興酒的。阿Q有時喝了幾杯黃酒，膽就壯了，話也敢多說了。有時卻在這種情況之下闖了禍，酒醒後，一切仍歸幻滅。

「刑名錢穀酒，會稽之美。」這是越諺所稱道的。刑名講刑法，錢穀講民法，統稱為紹興師爺。宋南渡時把中央的圖書律令，搬到了紹興。前清末造，我們在紹興的大宅子門前常見有「南渡世家」匾額，大概與宋室南渡有關係。紹興人就把南渡的文物當吃飯傢伙，享受了七百多年的專利，使全國官署沒有一處無紹興人，所謂「無紹不成衙」，因為熟諳法令律例故知追求事實，辨別是非；亦善於歪曲事實，使是非混淆。因此養成了一種尖銳鋒利的目光，精密深刻的頭腦，舞文弄筆的習慣。相沿而成一種鋒利、深刻、含幽默、好挖苦的士風，便產生了一部《阿Q正傳》。

至於徐伯蓀先生，就是革命前輩徐錫麟先生，也就是在安慶刺殺巡撫恩銘，後來被挖出心肝致祭恩銘的人。他的事業在革命政治方面，與文藝無關，所以我在這裡不談了。

四、胡適之先生與白話文運動

現在讓我談一談胡適之先生，他的文學革命有幾個要點（民國六年）。

①「要有話說，方才說話。」

②「有什麼話，說什麼話。」

③「要說自己的話；別說別人的話。」
④「是什麼時代人，說什麼時代的話。」

他所提倡的白話文，對於普及文化的功勞很大，這是思想工具的革命，用白話文代替文言寫作，使全國易於運用，只要稍稍訓練一下，就可用文字發表自己的思想了。

有一個有趣的例子：當白話文開始通行的時候，學校裡的牆壁上，匿名揭帖忽然增加。因為以前或用打油詩罵人，或用其他韻文論事，總要古文有相當根底才行，不然就會被人罵為不通而失其效用。白話文則無論阿貓阿狗都會寫上幾句。

白話文運動，既由北京大學的教授所發動，因為這些發起者是著名大學裡的著名學者，也就把白話文的地位提高了。沒有幾年，全國青年，便都改用白話文。後來教育部又採用白話文編輯學校課本因而通行全國。這一思想工具的改變，關係十分重大。迄今我們無論寫什麼文章，討論什麼學問，都已採用白話文了。這就是文學革命中改革文字工具的結果。

白話文為什麼會發展得這麼快呢？那自然是因為文言不容易寫，而白話文卻是容易寫的。因此白話文成為全國人民，尤其是青年們所需要的一種文字工具。另一個原因是書坊的投機，書坊因為青年要看白話文，出了許多似白話而非白話的書，雖然為謀利，但作用卻是很大的。

五、陳獨秀與文學革命

那時候，陳獨秀正在北京大學擔任文學院長（民國五年就職），也極力推動文學革命，他的〈文學革命論〉（民國六年）提出三點：

①「推倒雕琢的、阿諛的貴族文學，建設平易的、抒情的國民文學。」

②「推倒陳腐的、鋪張的古典文學，建設新鮮的、立誠的寫實文學。」

③「推倒迂晦的、艱澀的山林文學，建設明瞭的、通俗的社會文學。」

他的《新青年》自上海遷到了北平以後，便成為北京大學的一班朋友、一班教授和教授的朋友們，提倡文學革命和一切改革運動的中心。

「五四」（民國八年）之後，文學研究會於民國九年在北平成立。其主張可以沈雁冰（茅盾）為代表，在他的〈近代文學何以重要〉一文裡，提出五點：

（甲）「因為近代文學不是貴族的玩具……而是社會的工具，是平民文學。」
（乙）「不是一部分貴族生活的反影，而是大多數平民生活的反影。」
（丙）「不是部分貴族的嬌笑唾罵、喜怒哀樂的回聲，而是大多數平民要求人道正義的呼聲。」
（丁）「不是守舊的退化文學，而是向前的猛求的真理文學。」
（戊）「不是空想的虛無的文學，而是科學的真實的。」

陳獨秀在《新青年》裡，推崇兩位先生：一位是賽先生，一位是德先生。賽先生代表科學（賽因斯），德先生代表民主（德謨克拉西）。由此可知他的根本思想本來是西方思想——民主與科學，那麼為什麼又要在《新青年》裡發表一些激烈的思想呢？因為當時社會上還有很多舊的制度、舊的傳統和舊的習慣，在束縛和壓迫著人民，所以他反對舊社會制度和舊禮教，都曾竭力攻擊。這樣，大家才誤會《新青年》是主張三無主義的，即無政府、無家庭、無上帝。後來人家又硬把三無主義加到北京大學一班教授的身上，那就距離事實更遠了。

凡是一種新運動的勃起，舊社會的人們總是不易接受的，往往會用種種方法去破壞它，製造出種種謠言來誣蔑它，使它站不住。事實上北京大學只是主張「道並行而不相悖，萬物並育而不相害」。凡教授和學生的思想，學校向來是任其自由發展，不加干涉。這也就是戰國儒家的思想。

這裡我來談談陳獨秀。他為人爽直，待朋友很好。我常常和他說：「我們兩個人，有一個相似的習慣，在參加筵席宴會的時候，一坐下來，我們總愛把冷盤或第一、二道菜儘量的吃，等到好菜來時，我們已經吃飽了。所以大家說笑話，稱我們這兩個急性子，『同病相憐』。」

陳獨秀的許多激烈的言論，是因為由習慣傳下來的各種舊思想，妨礙著民主與科學的發展而引起的。所以他主張打倒原來的習慣與舊有的思想。但這不是他最後的目的，而只是一種手段與方法，用於建立一個民主與科學的新社會。所以他後來到底不能與共產黨相容。記得有一次我曾看見他的一篇文章，其中有「這個混帳的中國，生出了混帳的共產黨」之語，罵得非常厲害。所以正統的共產黨罵他是托洛斯基派，後來又罵他是「取消派」，說他要把共產黨取消了。

陳獨秀的口才很好，為人風趣，與他談天，是一件很有趣的事。當他離開北京大學以後，有一次因為他發傳單而被警察捉去，後來由安徽同鄉保出來的。以後還有幾次也幾乎被捕。一天，我接到警察廳一位朋友的電話。他說：「我們要捉你的朋友了，你通知他一聲，早點跑掉吧！不然大家不方便。」我知道了這消息，便和一個學生跑到他住的地方

（劉叔雅——文典家裡），叫他馬上逃走。李大釗陪他坐了騾車從小路逃到天津。為什麼坐騾車要李大釗同去呢？因為李大釗是河北人，他會說河北鄉下話，路徑又熟，容易逃出去。記得他們逃到山裡的小村子後，李大釗曾寫了一封信給我。他說：「夜寂人靜，青燈如豆。」因為他們住在鄉下的一個古廟裡，晚上點了很小的油燈，所以有青燈如豆之語。那時我國政權還沒有統一，北平方面要捉陳獨秀，但旁的地方並不捉他，只要逃出北平警察廳的勢力範圍之外，便無危險。

我和陳獨秀常講笑話。我是一個秀才，陳獨秀也是一個秀才。秀才有兩種：一種是考八股時進的秀才，稱為八股秀才。後來八股廢掉了，改考策論，稱為策論秀才。這種策論秀才已經有幾分洋氣了，沒有八股秀才值錢。有一次陳獨秀問我：「唉！你這個秀才是什麼秀才？」

「我這個秀才是策論秀才。」

他說：「那你這個秀才不值錢，我是考八股時進的八股秀才。」我就向他作了一個揖，說：「失敬，失敬。你是先輩老先生，的確你這個八股秀才比我這個策論秀才值錢。」

陳獨秀起初的思想並沒有像後來共產黨提出的階級鬥爭和無產階級專政等這種主張。最初，他只是替貧窮的人民打抱不平。他曾寫過一篇文章，引用了《水滸傳》的一首詩：

「赤日炎炎如火燒，田中禾稻半枯焦，農夫心中如刀割，公子王孫把扇搖。」他以這首詩反映出農民的痛苦和富人的坐享其成。因此他主張改革社會，認為非改革社會不能實現民主；要實行民主，便要同時提倡科學。

六、陳獨秀的最後主張

後來我們的特務人員，在上海拘捕了陳獨秀，關在南京拘留所裡，我常常去看他；並常向他說：「仲甫先生！你寫一本書，講講共產黨在中國發展的經過，怎樣？」他說：「哦！做不得，做不得，現在只好談風月，不談政治。」這話也是真的，因為當局特許他的女朋友隨便去看他和他談風月。後來他被釋放出來，抗戰期間住在重慶江津，生活一直由北京大學維持的，政府也要我們維持他。有一次我忽然接到他的一封信，說我們寄給他的津貼沒有收到，是不是已經停止了？我寫回信說沒有停止，照常寄的。大概抗戰時期，交通困難，郵兌較慢之故。沒想到我這封信發出後不久，他就死了。

在他去世前，曾有一篇文章，說明他對世界局勢的見解，油印分寄給朋友們，我也接到了一份。後來朋友們把這幾篇文章和其他文件滙合起來，出了一本單行本，叫做《陳獨秀的最後見解》。其中對於戰事的推想有兩個可能的結論，而對於將來世界局勢之預測，他認為：

此次若是德俄勝利了，人類更加黑暗，至少半個世紀。若勝利屬於英美，保持了資產階級民主，然後才有道路走向大眾的民主。（一九四〇年——即民國二十九年）

其所主張「民主政治的真實內容」的原文裡，指出了七點：

法院以外機關無捕人權。

無參政權不納稅。

非議會通過，政府無徵稅權。

政府之反對黨有組織、言論、出版之自由。

工人有罷工權。

農民有耕種土地權。

思想、宗教自由等等

他指說：

這都是大眾所需要，也是十三世紀以來大眾鮮血鬥爭的七百餘年，才得到今天的所謂「資產階級的民主政治」。這正是俄、意、德所要推翻的。

以上是陳獨秀最後對於民主政治見解的要點，也就是西歐民主政治的根本條件。

七、李大釗與毛澤東

在我任北京大學校長以前我曾代理校長好幾年，在一段時期，李守常（大釗）是校長室的祕書主任，同時兼圖書館主任，所以我們每天都見面。我們都知道他是講普羅經濟的。其實他的經濟學，是側重社會主義的。那時候有一班人在北京大學裡設了一個馬克思主義研究會。社會上一般人和學術界都以為這個研究會也不過和人們主張社會主義或平民主義一樣，講講而已。所以那時的報尾巴有段話嘲笑它說：「北京馬神廟的某大學裡有個牛克司主義研究會。」這種嘲笑，表示大家看它不起。後來為了種種關係，馬克思主義竟深入青年的腦筋裡去了。那時候人們都認為共產主義與社會主義差不多，不過比較新鮮一點。至於馬克思主義和列寧主義，大家為了學術上的興趣，也只是談談罷了。守常在文學方面，也是主張用白話文寫作的，等到陳獨秀被共產黨開除的時候，李守常早已被張作霖捉去槍斃了。李守常是一個舊式的讀書人，舊式的士大夫階級中人，毫無當時共產黨人劍拔弩張的樣子；對責任非常忠心，人亦溫和厚道。

毛澤東到北大圖書館當書記，是在我代理校長的時期。有一天，李守常跑到校長室來說，毛澤東沒有飯吃，怎麼辦？我說，為什麼不讓他仍舊辦合作社？他說不行，都破了產。我說那末圖書館有沒有事？給他一個職位好啦。他說圖書館倒可以給他一個書記的職位。於是我就拿起筆來寫了一張條子：「派毛澤東為圖書館書記，月薪十七元。」這個數目，現在有幾種不同的說法；根據我的記憶，明明是十七元，羅志希（家倫）卻說是十八元，據他後來告訴我，李守常介紹毛澤東，是他建議的。這些我當時並不知情，只知道是校長室祕書主任兼圖書館主任來和我說的。後來我在昆明，毛澤東有一個很簡單的自傳從延安寄來，裡面說是十九元（原文如此——本書編者注）。或許毛澤東所寫的十九元是以後增薪時加上去的。羅志希所記的十八元，可能是因為我國的薪給，習慣上都是雙數，不會是十七元的單數。總而言之，這些都是沒有什麼關係的事。

有一次，英國一位議員來華，他聽到了這個我不甚願意講的故事，就說：「那時候你給他十七元，十八元或十九元，總之只是十幾元，如果你那時候多給他一點錢，也許毛澤東就不會變成共產黨了。」我說那也難說，好多有錢的人也變成了共產黨了。就是毛澤東不變，旁的人也會變的，不在乎姓毛的姓王的。社會上發生某種問題，總有某些人會出來的。

八、西歐個性主義思想的引進

現在我講一講周作人（豈明）。上面我已經說過他在日本時曾學過希臘文的。因為研究希臘文，所以是很注意個性主義的。個性主義氣味濃厚的易卜生的問題劇、最初由周豈明介紹進來的《傀儡家庭》就是其中之一。丁玲的《莎菲女士的日記》是《傀儡家庭》男女主角的易位，以女子玩弄男子，作愛情的遊嬉。「五四」以後女子在家庭中起了反叛，就是受了易卜生的娜拉與丁玲的莎菲的影響。他哥哥魯迅因為要打倒社會種種惡勢力，所以具有一種激烈的反抗精神。周作人卻完全不同，他的文章總是平平穩穩，是一種溫和的寫實主義。他談起天來也總是慢條斯理從不性急。有一次，一個日本人到北京大學來講中日文化合作。周作人能講很好的日語，那天，他跟日本人說：「談到中日文化合作，我沒有看見日本人的文化，我倒看見他們的武化，你們都是帶著槍炮來的，哪裡有文化，只有武化。」日本人也沒有法子駁他。抗戰的時候，他留住北平，我曾示意地說，你不要走，你跟日本人關係比較深，不走，可以保存這個學校的一些圖書和設備。於是，他果然沒有走，後來因他在抗戰時期曾和日本人在文化上合作，被捉起來關在南京。我常派人去看他，並常送給他一些需用的東西和錢。記得有一次，他托朋友帶了封信出來，說法庭要我的證據。他對法庭說，他留在北平並不是想做漢奸，是校長託他在那裡照顧學校的。法庭問我有沒有這件事？我曾回信證明確有其事。結果如何，因後來我離開南京時很倉促，沒有想到他，所以我也沒有去打聽。

北平講文藝的有一個組織，名叫新月社，是胡適之、徐志摩諸人常去的地方，有時我也跟了他們去玩。但我沒有寫過文藝作品，因為學生鬧的亂子相當多，學校行政工作也相當繁忙，我就無意管其他的事。不過新月社這班人我都認識。我好像在戲院後臺，看演員們在前臺怎樣演唱，又怎樣化裝、改裝和卸裝。

我對陳獨秀、周作人、魯迅等人都很熟。他們都與北京大學有密切的關係。

有人說北京大學好比是梁山泊，我說那麼我就是一個無用的宋江，一無所長，不過什麼都知道一點。因為我知道一些近代文藝發展的歷史，稍有空閒時，也讀他們的作品，同時常聽他們的談論。古語所謂「家近通衢，不問而多知。」我在大學多年，雖對各種學問都知道一些，但總是博而不專，就是這個道理。

徐志摩畢業於北京大學，以後赴劍橋大學研究。我於一九二二年在劍橋住了幾個星期。常與哲學家羅素、經濟學家凱恩斯、政治學家拉斯基及徐志摩等晨夕相見，討論中國文化問題。後來他回到北京大學講英國文學。他的作品，看起來很輕鬆也很明白，當然以個性主義與自由主義為背景的。陸小曼則作作小品文章，談談戀愛。因為那時候女子剛從舊社會解放出來，也和青年男子一樣，大家都想嘗嘗戀愛的滋味。

當時講文藝後來變成共產黨的文藝領袖的幾位人物，如沈雁冰（茅盾）、郭沫若、丁玲諸人都是講西歐個性主義與自由主義一派思想的。此外，還有一個共同的特點，就是他們對當時社會的一切，感覺不滿。

九、社會改革與共產主義思想的入侵

初期的文藝運動，可說毫無紅色的傾向，偶或有一點，也不過談談而已。但是社會上種種缺點，卻不是空口的德先生與賽先生所能補救。徒然講科學和民主，不能解決社會問題。剛在這時候，共產黨提出了階級鬥爭的口號，強調階級鬥爭是解決中國社會問題唯一的途徑。運用階級鬥爭，才可以打倒舊禮教舊傳統的風俗習慣。連城隍廟與土地堂也要一齊搗毀，最後是無產階級專政。這班講文學的人，多出身於中產階級，因國家擾攘不安，家道中落，只有靠微薄的薪水生活，所以經濟情形不好。經濟情形一不好，大家便同情共產主義，至少在口頭上贊成無產階級專政了。

把俄國思想引進我國，另外還有兩個原因。一是俄國的文學。因為俄國的文學作品也是揭露俄國社會的不平，所以中國人很歡喜看。譬方我個人，在美國讀書的時候，就曾選讀一門用英文講的俄國文學，美國人聽了似不十分感覺興趣。為什麼呢？因為它是反對政府的腐敗、社會的不平和貴族的專制的。這種不平之鳴，很容易獲得中國人的同情，就是因有這種打抱不平的心理，才使得俄國文學作品，在中國青年會中受到了極大的歡迎。

青年人對於俄國文學既然很有興趣，也就連帶著對於俄國的共產主義發生興趣而予以研究了。這便是俄國思想滲入我國的一個原因。

後來俄國在政治方面向我國表示，願意取消不平等條約，退還鐵路，退還滿洲一切權利等，這當然是青年群眾所歡迎的。此為促成俄國思想進來的另一個原因。基於這幾個因素，共產主義便在我國慢慢地傳佈開來了。

初期的文化運動，根本上是民主的科學的，慢慢地因為這抽象的民主科學不能解決實際問題，青年心理便有點動搖起來了，俄國思想便趁這個機會滲入。因為那時民主這一名詞，已經深植在青年們的心裡，不能再放棄了。共產黨便利用這個方法把青年們引渡到無產階級專政的一邊去。所以我國後期的文藝發展，是受俄國共產主義的影響而推動的。這種心理的形成等於為共產黨鋪了一條路。我國文藝發展到這種趨勢，政府方面因不懂得本國社會日趨沒落的背景和國際巧妙精密的陰謀，故只用兩個簡單的辦法去應付：一個辦法是禁封書局、抓人。結果愈禁，人家愈要看。抓人的範圍愈廣，便把鱔魚當蛇，一齊捉起來，鱔魚也從此對蛇表同情了。另一個辦法是自己來創作文藝。但這種作品，由於政府自己對社會上各種問題負有責任，病者諱疾，而且和廣大的民眾脫了節，對於社會不滿意的情緒，知之不深，覺之不切。因此我們的文藝作品都是些不痛不癢的東西。後來共產黨把文藝移花接木地從西歐思想變成了俄國思想，從此民主思想變成了階級思想，個性主義變成了集體主義。這一來共產黨的勢力在文藝界便強大起來；而真講民主思想的文藝便慢慢的與實際政治脫離，只好以文藝為文藝，或講歷史，或講考據，都鑽入了各人的象牙之塔。共產黨呢？不論是工人群眾或知識青年，從城鎮到農村都被他們滲透進去。等到我們察覺時，共產主義思想已經彌漫全國了。這種思想和俄共土共兩個軍力聯合起來，結成三位一體，使我們吃了大虧。

十、從文學革命到革命文學

文學革命是要把舊的思想重新估計其價值，並用白話文來表達思想，以科學方法研究問題。對內是討論社會問題與思想問題，對外是輸入西洋的文藝和思想。早期輸入的西洋思想都是民主主義和個性主義。俄國的無產階級專政和集體主義是後來的。在五四前後的中國，民生凋敝，政治腐敗，無論何人都感不滿，要說話的人們利用白話文作工具，來批評舊時代的社會思想和種種腐敗的情形，覺得便利不少。例如已在前面說過的《阿Q正傳》，就是批評紹興政治上和社會上的黑暗面，對阿Q所受的苦難，表示同情。魯迅的《狂人日記》，是利用狂人的心理，深刻地咒罵吃人的禮教。這類情形若用古文來描寫就不容易達意了。他如《二十年目睹怪現狀》、《官場現形記》等白話文小說，都是攻擊當時社會的腐敗。至於明清時代的《水滸傳》、《儒林外史》、《紅樓夢》等書也都是用白話文寫的。由此可知用白話文來描寫事物，不自今日始，不過把它的地位提高罷了。而提倡它的又是在我國學術界地位很高的北京大學，所以一經提倡，便全國風行。

當時一般反對舊思想的人們，因各有不同的背景和經驗，所以反對舊社會的目的也不同。他們在政治方面的見解固然不同，即文化方面的見解也各異，大概根本上都受西歐個性主義的影響。人們用自己的意見，來批評社會，批評歷史，這是早期一般人在文學上的表現。後來有人覺得文學革命既已成功，進一步便要講革命的文學了。文學革命掉一掉頭，便是革命文學。從文學革命到革命文學，問題就多了。所謂革命文學，就是要講文學怎麼樣提倡革命。於是思想革命、政治革命、道德革命、家庭革命，五花八門的革命問題都來了。

大家在討論問題的時候，有兩種不同的主張。一種說我們需要原則，要先提出主義來，然後照這個主義去研究問題。另一種說我們少談主義，要先把問題解決，等到所有問題解決了，我們的目的也達到了。五四以後有一部分贊成胡適之先生所提倡的多談問題少講主義這一派。另一批人像李守常（大釗）、陳仲甫（獨秀）等，則主張如要解決問題，必先提出主義來。要討論一切問題，就該先定幾個原則，主義就是原則。因此無形中成為兩派：一派是專門研究主義。實際上專門談問題也會引到主義上去的，專門講主義呢？主義本身不能解決問題，最後還是講到問題方面去。

又有人說我們要用科學方法解決一切問題，科學應該籠罩一切。還有人說只講科學是不夠的，問題後面還有哲學。當時有一班人喜歡德國一派的哲學，於是講科學的人們把德國哲學稱為玄學。他們反對黑格爾哲學、康德哲學。他們說這些是玄學鬼，應該打倒的，他們主張用科學的方法來研究一切問題。所以五四以後的學術界，有「問題與主義」的辯論和「科學與玄學」的辯論，其影響當時人們的思想很大。

自俄國文學流入我國，共產主義與階級鬥爭便跟了進來。同時俄國又不斷地宣傳取消不平等條約，要平等待我，這是很有吸引力的，共產黨以俄國的共產主義和俄國的文學，滲透到學校裡，再由學生們傳到工廠和農村。他們充分利用所有的機會，用文藝作為宣傳思想和戰鬥的工具。五四以來的文學革命，增強了人民對於社會與政府的不滿，為國民革命軍鋪了一條勝利之路，對於北伐順利的成功大有幫助。其後之革命文學，因為共產黨善於利用，也為共產黨的策略和主義鋪了一條成功之路。

（原載《中國選》第21期，一九六九年一月出版）

血歷史187　PC0937

新銳文創
INDEPENDENT & UNIQUE

民初西化教育的執行家
——蔣夢麟《談學問》及其他

原　　著	蔣夢麟
主　　編	蔡登山
責任編輯	石書豪
圖文排版	蔡忠翰
封面設計	劉肇昇

出版策劃	新銳文創
發 行 人	宋政坤
法律顧問	毛國樑　律師
製作發行	秀威資訊科技股份有限公司 114 台北市內湖區瑞光路76巷65號1樓 電話：+886-2-2796-3638　傳真：+886-2-2796-1377 服務信箱：service@showwe.com.tw http://www.showwe.com.tw
郵政劃撥	19563868　戶名：秀威資訊科技股份有限公司
展售門市	國家書店【松江門市】 104 台北市中山區松江路209號1樓 電話：+886-2-2518-0207　傳真：+886-2-2518-0778
網路訂購	秀威網路書店：https://store.showwe.tw 國家網路書店：https://www.govbooks.com.tw

出版日期	2021年1月　BOD一版
定　　價	270元

Printed in Taiwan

國家圖書館出版品預行編目

民初西化教育的執行家：蔣夢麟<<談學問>>及其他 / 蔣夢麟原著；蔡登山主編. -- 一版. -- 臺北市：新銳文創, 2021.01
面； 公分. -- (血歷史；187)
BOD版
ISBN 978-986-5540-27-2(平裝)

1.蔣夢麟 2.學術思想 3.文學評論

848.7 109020071

讀者回函卡

感謝您購買本書，為提升服務品質，請填妥以下資料，將讀者回函卡直接寄回或傳真本公司，收到您的寶貴意見後，我們會收藏記錄及檢討，謝謝！如您需要了解本公司最新出版書目、購書優惠或企劃活動，歡迎您上網查詢或下載相關資料：http:// www.showwe.com.tw

您購買的書名：＿＿＿＿＿＿＿＿＿＿＿＿＿＿＿＿＿＿＿＿

出生日期：＿＿＿＿年＿＿＿＿月＿＿＿＿日

學歷：□高中（含）以下　□大專　□研究所（含）以上

職業：□製造業　□金融業　□資訊業　□軍警　□傳播業　□自由業

□服務業　□公務員　□教職　□學生　□家管　□其它＿＿＿

購書地點：□網路書店　□實體書店　□書展　□郵購　□贈閱　□其他

您從何得知本書的消息？

□網路書店　□實體書店　□網路搜尋　□電子報　□書訊　□雜誌

□傳播媒體　□親友推薦　□網站推薦　□部落格　□其他＿＿＿＿＿

您對本書的評價：（請填代號　1.非常滿意　2.滿意　3.尚可　4.再改進）

封面設計＿＿　版面編排＿＿　內容＿＿　文／譯筆＿＿　價格＿＿

讀完書後您覺得：

□很有收穫　□有收穫　□收穫不多　□沒收穫

對我們的建議：＿＿＿＿＿＿＿＿＿＿＿＿＿＿＿＿＿＿＿＿

請貼
郵票

11466
台北市內湖區瑞光路 76 巷 65 號 1 樓

秀威資訊科技股份有限公司 收

BOD 數位出版事業部

....

（請沿線對折寄回，謝謝！）

姓　　名：＿＿＿＿＿＿＿＿　年齡：＿＿＿＿　性別：□女　□男

郵遞區號：□□□□□

地　　址：＿＿＿＿＿＿＿＿＿＿＿＿＿＿＿＿

聯絡電話：(日)＿＿＿＿＿＿＿＿　(夜)＿＿＿＿＿＿＿＿

E-mail：＿＿＿＿＿＿＿＿＿＿＿＿＿＿＿＿